Schwarzer Engel

Die Unberührbaren

Roman

von

Jona Orbis

Schwarzer Engel

Die Unberührbaren

Jona Orbis

Schwarzer Engel

Die Unberührbaren

Science Fiction

Impressum

Bibliografische Information der Deutschen Nationalbibliothek:
Die Deutsche Nationalbibliothek verzeichnet diese Publikation in der
Deutschen Nationalbibliografie; detaillierte bibliografische Daten sind
im Internet über http://dnb.dnb.de abrufbar.

Alle Rechte bei Verlag/Verleger

Copyright © 2020
by Jona Orbis
c/o AutorenServices.de
Birkenallee 24
36037 Fulda
www.Leselichtung.com
Lektorat: C. Kaula
Korrektorat: C. Kaula

Herstellung und Verlag: BoD – Books on Demand, Norderstedt

ISBN: 9783756202928

Klappentext

Sie wurden für den Krieg erschaffen.

Doch was geschieht, wenn die Kämpfe beendet sind und man für die Krieger keine Verwendung mehr hat?

Der Journalist Ruben Saint Clair begibt sich auf seinem Heimatplanten Mars auf die Spuren derjenigen, die man die "Schwarzen Engel" nennt - von Genetikern erschaffene Krieger, die keine Aufgabe mehr haben.

Sie wurden erschaffen als tödliche Waffe - ist ihnen ein normales menschliches Leben in einer Gesellschaft überhaupt möglich?

"Wir erschufen dieses Leben für die Unberührbaren, um für uns ein besseres zu schaffen.

Sie waren unsere Waffe im Kampf.

Doch was geschieht mit einer Waffe, die man nicht nach Ende des Krieges zu etwas Nützlichem umschmieden kann? Man schließt sie weg, damit die Kinder nicht damit spielen."

Inhalt

BEGEGNUNG

Ruben zog sich erleichtert das dünne Tuch vom Mund, als er in den Windschatten der Häuser von Victoria trat. So sehr er auch seine marsianische Heimat vermisst hatte, ein großer Vorteil der Erde war es, man konnte sich dort ohne Mundschutz gegen den ständig umherfliegenden Sand im Freien aufhalten.

Dass man stattdessen in den meisten Großstädten Atemmasken gegen Feinstaub und Luftverschmutzung tragen musste, stand auf einem anderen Blatt.

Das Red Sand war eine Bar, die in etwa so wirkte wie einem Bild über den Wilden Westen der USA im 19. Jahrhundert entsprungen. Es hätte nur noch gefehlt, dass vor der Bar im staubigen Sand einige Pferde vor einem Wassertrog angebunden wären.

Ruben musste zugeben, die sich dort tummelnden Kamele erfüllten nicht ganz den Charme eines treuen Cowboypferds, aber auch dieser Umstand war dem sandigen und trockenen Klima des Mars geschuldet. Man hatte es mit Pferden versucht, viele Jahrzehnte lang. Doch sie kamen mit der trockenen Luft auf dem Mars nicht zurecht. Inzwischen waren Pferde ein ebenso großer Luxus wie ein fahrbarer Untersatz in den Außenbezirken – es gab sie nur noch in den Habitaten. Das waren speziell gebaute Kuppeln, in ihrem Inneren lag jeweils eine autarke Umgebung, in der sich das Klima steuern ließ. Im Wesentlichen wurden sie zum Anbau von Nahrungsmitteln und zur Zucht von Nutztieren verwendet. Hier, direkt auf der Oberfläche, im Freien, war ein Überleben für Pferde, aber auch für Kühe oder Schafe, unmöglich. Sie bekamen nach kürzester Zeit Atemprobleme. Da waren die Kamele, die ihre Nüstern gegen den Sand verschließen konnten, bei Weitem im Vorteil.

Ruben bemerkte, dass die Beschreibung seines Informanten wirklich gut gewesen war. Das Red Sand lag zwischen einer Art Tante-Emma-Laden und einem Versammlungshaus für die Bürger des Dorfes. Allerdings wusste er aus seinen Recherchen, dass die meisten Menschen hier nur auf der Durchreise vorbeikamen. Victoria war zu den frühen Zeiten der Marsbesiedelung ein wichtiger Außenposten gewesen. Er lag mittig zwischen den drei wichtigsten Städten und bot so Geschäftspartnern die Möglichkeit, auch auf halber Strecke planetenumspannende Verträge abzuschließen.

Es handelte sich um ein zweigeschossiges Haus in Holzoptik mit einer breiten Veranda davor, auf der sich einige Schaukelstühle um zwei runde Tische scharten.

Die Front ahmte eine vollständige Glasfassade, eingerahmt von Holzbalken, nach. Der untere Teil war opak, der obere Teil vermutlich einmal durchsichtig gewesen, doch inzwischen fast vollständig benetzt vom allgegenwärtigen roten Sand.

Ruben fragte sich, ob es absichtlich so gelassen wurde, weil der Sand der Bar seinen Namen gab oder ob der Besitzer einfach zu faul zum Fensterputzen war.

Er schüttelte, so gut es ging, den Sand aus seinen Hosen und dem Mantel, dann betrat er durch die doppelflügelige Schwingtür den Schankraum.

Innen war es überraschend hell, alles war in die rötliche Helligkeit des Mars getaucht. Ruben war erst seit einigen Stunden von der Erde zurück und hatte sich noch nicht wieder an das Licht des Mars gewöhnt.

Der Schankraum bildete ein Rechteck. Direkt geradeaus erstreckte sich der lang gezogene Tresen mit etwa einem Dutzend Barhockern. Rechts und links standen mehrere runde Tische mit einfachen Stühlen. Links und rechts neben dem Tresen, im hinteren Bereich des Schankraums befanden sich einige Separees, teilweise waren die Vorhänge vorgezogen. Dort trafen sich diejenigen, deren Gespräche nicht für alle Ohren bestimmt waren.

Auf eins der Separees steuerte Ruben jetzt zu, als er sah, wie eine Bedienung durch den Vorhang hinter dem Tresen mit einem Tablett frischer Gläser in die Bar trat. Sie bedachte ihn mit einem knappen Kopfnicken und begann, die Gläser in das Regal an der Wand einzuräumen.

Ruben starrte sie an. Das Erste, was ihm auffiel, war ihre Größe. Er selbst war eher im unteren Durchschnitt, was seine Körpergröße anging, doch diese Frau war vermutlich eine der größten, die er je zu Gesicht bekommen hatte. Unterstrichen wurde das durch ihre schlanke, fast schon dünne Gestalt. Sie trug ein lose sitzendes, schlichtes schwarzes Oberteil und einen langen, schwarzen Wickelrock. Beim Betreten des Schankraums hatte er bemerkt, dass ihre Füße in schwarzen Stiefeln steckten. Ihre Haare hatte sie hochgesteckt, einige Strähnen hatten sich aber bereits gelöst und fielen glatt und glänzend über ihre Schulter, kaum in ihrer Farbe von der ihrer Kleidung zu unterscheiden.

Sie hatte eine etwas alberne rotbraune Kellnerschürze umgebunden, auf der vorne eine stilisierte Abbildung des Red Sand abgedruckt war, wie er in dem Augenblick sah, als sie sich zu ihm umdrehte.

»Ja bitte?«, fragte sie nicht gerade sehr zuvorkommend.

Ihr Gesicht war fein geschnitten, hohe Wangenknochen, eine fast unnatürlich blasse Gesichtsfarbe. Das Auffälligste aber waren ihre Augen: Sie waren schwarz. Vollständig schwarz. Nicht nur die Pupille, sondern die gesamte Iris.

Das gab ihrem ansonsten eher reservierten Auftreten etwas Weiches.

»Kann ich Ihnen helfen?«, erkundigte sie sich erneut.

Ruben bemerkte, dass ihre Hände in dünnen, weißen Stoffhandschuhen steckten. Er konnte seinen Blick nicht davon lösen.

Sie verdrehte die Augen. »Sag Bescheid, wenn du dich entschieden hast mit mir zu reden, statt mich anzustarren«, fauchte sie ihn an.

»Nika!« Ein groß gewachsener kräftiger Mann betrat durch denselben Vorhang wie die Frau zuvor, den Schankraum. Ruben wusste sofort, dass dieser der Besitzer sein musste: Er wirkte wie jemand, der sein ganzes Leben hier draußen auf dem Außenposten verbracht hatte und wusste, wie man mit seiner Hände Arbeit überlebte. Er trug Jeans, ein kariertes Hemd, ebenfalls eine Red Sand-Schürze und strich sich gerade über das zurückweichende sandbraune Haar.

»Willkommen im Red Sand. Was kann ich für Sie tun?«

Die Frau, die er mit Nika angesprochen hatte, schnaubte unwillig, schwieg aber.

Ruben fand endlich seine Sprache wieder, als er es schaffte, den Blick von Nika zu lösen.

»Ich – ähm, Ruben, ich bin hier verabredet mit Gustav Greif.« Er vermutete stark, dass das nicht der richtige Name seines Informanten war, aber einen anderen kannte er nicht.

Der Wirt nickte. »Ja natürlich. Wenn ich mich vorstellen darf? Ich bin Derek Brans, der Besitzer des Red Sand in dritter Generation.« Ruben hörte den Stolz in seiner Stimme. »Folgen Sie mir, Herr Kinoa, ich bringe Sie zu Ihrem Separee.«

Mit einem letzten Blick auf Nika, die den Kopf nicht hob, folgte er Derek Brans. Dieser führte ihn zum vorletzten Separee auf der linken Seite des Schankraums. Die beiden daneben liegenden Separees waren leer. Derek Brans räusperte sich.

»Hier ist ihr Besuch.«

Dann bedeutete er Ruben, das Separee zu betreten, und verabschiedete sich mit einem Nicken.

»Für eine Bestellung bitte einfach klingeln.«

Ruben sah ihm kurz nach, dann wandte er sich seinem Informanten zu, der bereits mit einem Glas Bier in der Hand auf ihn wartete.

»Willkommen. Schön, dass Sie es gefunden haben«, begrüßte ihn Gustav Greif.

Ruben nickt ihm zu und nahm auf der rot gepolsterten Bank Platz. Der Tisch zwischen ihnen war mit einer roten Tischdecke, einem Salz- und Pfefferstreuer, Milchpulver, Zucker, Süßstoff, Papier, Bleistiften und Spielkarten sowie Würfeln ausgestattet. Ruben fragte sich flüchtig, wo man hier noch einen Teller mit Essen hinstellen sollte.

Die Lampe, die den Tisch beleuchtete, war ein Modell des Erdballs und warf einen bläulichen Schimmer auf die Szenerie.

»Wollen Sie auch etwas essen? Ich kann die Küche hier sehr empfehlen.« Gustav reichte ihm die Karte über den Tisch.

Tatsächlich hatte er großen Appetit. Seine letzte Mahlzeit hatte er am Morgen auf der Raumstation vor dem Abflug zur Marsoberfläche eingenommen und jetzt war es bereits früher Nachmittag. Er überflog die Karte und entschied sich für das Tagesmenü: Hühnchen mit Kartoffeln und Bohnen. Alles drei Dinge, die in den Habitaten des Mars gut gediehen, inzwischen gab es sogar Gemüse- und Obstsorten, die unter freiem Himmel angebaut wurden. Diese Art von Anbau gelang nur durch eine sehr gezielte und effiziente Bewässerung.

Gustav läutete und wenige Augenblicke später erschien Nika, um ihre Bestellungen entgegenzunehmen.

Ruben wagte, kaum zu atmen, als sie das Separee betrat. Sie strahlte eine Präsenz aus, die so intensiv über ihren Körper hinaus wirkte, dass er sich unwillkürlich ein Stück zurücklehnte, als er ihr seine Bestellung mitteilte. Sie notierte das Tagesgericht, ohne ihn länger als unbedingt notwendig anzusehen. »Getränk dazu?«, fragte sie. Er nickte. »Bitte noch ein Marsbier.«

Sie nickte und notierte, dann wandte sie sich an Gustav. Ihm schien es ähnlich zu ergehen, was Nikas Präsenz anging, denn er hatte sich in die äußerste Ecke des

Separees zurückgezogen. »Einmal die Gulaschsuppe mit Baguette bitte«, sagte er.

Sie nickte. Sein Benehmen schien sie nicht zu bemerken, oder sie überspielte es geschickt.

»Bitte nehmen Sie Ihre Arme vom Tisch«, sagte sie zu Ruben und wartete nicht ab, ob er der Aufforderung nachkam. Sie betätigte einen Knopf unter der Tischplatte. Daraufhin senkte sich der mittlere Teil des Tisches nach innen ab. Gewürze, Zucker, Milch und die dekorative Blumenvase versanken in einem Fach in der Mitte des Tisches. Eine Glasplatte schob sich von links nach rechts über das Fach und bot nun Platz, die Teller für das Essen darauf abzustellen.

»Wenn Sie etwas von den Gewürzen benötigen, können Sie unter dem Tisch in das Fach hineingreifen«, erklärte Nika. Sie griff auf Gustavs Seite unter den Tisch, um es ihnen zu zeigen und streifte dabei mit dem Ärmel Gustavs Arm.

»Hey! Lass das!«, rief Gustav. Nikas Hand zuckte zurück. Sie starrte Gustav an. Er senkte den Blick, als hätte er sich verbrannt.

»Ich bringe Ihnen Ihre Bestellung gleich«, bemerkte Nika und verließ das Separee.

Ruben starrte ihr nach.

»Dass man so etwas überhaupt hier arbeiten lässt«, fauchte Gustav.

Bevor Ruben ihn fragen konnte, was er meinte, hatte sein Informant bereits das Thema gewechselt.

»Ich habe Informationen für Ihren Artikel. Ich habe nämlich zur Zeit der Einforderung der Persönlichkeitsrechte bei der Schutztruppe gearbeitet«, begann er.

Ruben war durch den abrupten Themenwechsel irritiert. Gustav schien es nicht zu bemerken, er fuhr fort.

»Sie schreiben doch den Artikel über die Freiheitsbewegung der Unberührbaren oder?«

Ruben nickte. »Ja. Es geht um einen Artikel darüber, wie sich die Dinge seit des Erhalts der vollen Persönlichkeitsrechte entwickelt haben, und welche Berührungspunkte es mit der Marsbevölkerung gibt.«

Gustav schnaubte. »Am besten gar keine. Wer will das auch schon?«

Als Ruben schwieg, fuhr Gustav fort: »Stammen Sie von hier? Waren Sie vor fünf Jahren dabei?«

Ruben nickte und schüttelte gleichzeitig den Kopf. »Ja, ich stamme von hier. Ich bin wie meine Eltern auf dem Mars geboren und aufgewachsen. Vor fünf Jahren war ich nicht hier, weil ich vor sechs Jahren auf die Erde gegangen bin, um Journalismus zu studieren. Nach Abschluss meines Studiums habe ich dort anderthalb Jahre gearbeitet. Dieser Artikel über das fünfjährige Bestehen der vollen Persönlichkeitsrechte für die Unberührbaren ist meine Abschlussarbeit des Volontariats.«

»Wie sind Sie denn bloß auf so ein Thema gekommen?«, fragte Gustav.

Ruben setzte zu einer Antwort an, als Nika hereinkam und das Essen servierte. Sie sprach kein Wort, stellte die Teller vor ihnen ab und ging wieder. Ruben starrte ihr nach. Dann sah er Gustav an.

»Bitte entschuldigen Sie mich. Es war eine lange Reise, ich muss mal wohin.«

Ohne eine weitere Erklärung erhob er sich und folgte Nika an den Tresen.

Sie sah ihn an. »Möchten Sie noch etwas trinken?«

Ruben schüttelte den Kopf. »Nein, ich …« Er verstummte. Was sollte er bloß sagen?

Nika sah ihn an und wartete. Ihr ganzer Körper war völlig ruhig, aber nicht entspannt. Mehr wie ein Falke, der darauf wartet, dass die Maus ihr Loch verlässt. Ruben konnte ihre Erwartung deutlich spüren.

»Nika!« Derek Brans betrat den Schankraum von hinten her. »Mach unsere Gäste nicht nervös.«

Sofort senkte sie den Blick und wandte sich ab.

»Entschuldigen Sie bitte, manchmal vergisst sie, wie irritierend es ist, jemanden so anzustarren.«

Ruben hörte Dereks Worte, sah aber nur auf Nikas gesenkten Kopf. »Sie hat mich nicht angestarrt«, murmelte er. »Sie hat … abgewartet.«

Derek murmelte etwas Unverständliches, doch Nika hob für einen kurzen Moment den Kopf, und sah ihm direkt in die Augen. In diesem Augenblick lag kein Argwohn, keine Abneigung darin, sondern nur Neugierde.

„Möchten Se noch etwas zu trinken?", fragte Derek.

Nika brach den Blickkontakt ab und widmete sich wieder dem Spülen der Gläser.

»Nein, danke, es ist alles in Ordnung. Wo sind denn die Toiletten?«, fragte er, als er sich daran erinnerte, was er Gustav gesagt hatte.

Derek wies ihm den Weg und Ruben ging. Er wagte nicht, sich umzudrehen.

Auf der Toilette erleichterte er sich, wusch sich die Hände und spritzte sich dann händeweise kaltes Wasser ins Gesicht. Was war nur los mit ihm? Er führte sich auf wie ein verklemmter Teenager. Nachdem er sich etwas beruhigt hatte, ging er wieder in den Schankraum. Dort stand Nika noch immer am Tresen. Eigentlich hatte er vorgehabt, einfach wieder zum Separee zurückzugehen, bevor Gustav sich fragen würde, wo er bliebe, doch da sah Nika zu ihm hin.

Ihre dunklen Augen ruhten auf ihm, als wolle sie sich jedes Detail seines Gesichts, seines Körpers und seiner Kleidung einprägen. Er spürte, wie er unter ihrem Blick zu zittern begann, ohne dass er sagen konnte, woher dieses Gefühl stammte.

»Wer bin ich?«, fragte sie ihn.

»Nika«, antwortete er, unsicher, was sie meinte.

Ihre feinen Lippen bogen sich zu einem offenen Lächeln, das ihre Augen erreichte.

Sie lächelte ihn an. Offenbar hatte er ihr die richtige Antwort gegeben.

Dann wandte sie sich ab und spülte weiter Gläser.

Ruben wusste nicht, was soeben passiert war. Er blieb noch einige Augenblicke untätig stehen, doch als Nika ihn nicht wieder ansah, ging er zurück zu Gustav.

Auch auf seinen Lippen lag dabei ein Lächeln.

Er hatte sich verliebt.

»Ist dir Heidi Klums Klon auf dem Klo begegnet?«, spottete Gustav. »Du grinst wie ein Fünfzehnjähriger, der sich das Poster vom Playmate des Monats von seinem Vater unter den Nagel gerissen hat.«

Ruben schüttelte den Kopf. »Nein, es ist alles in Ordnung.«

Gustav ließ es dabei bewenden, auch wenn offensichtlich war, dass er ihm kein Wort glaubte.

Genauso übergangslos wie er zum «Du» übergegangen war, redete er weiter.

»Also, ich war vor fünf Jahren bei der Schutztruppe. Die hat sich ja nach dem Inkrafttreten der vollen Persönlichkeitsrechte für die Unberührbaren aufgelöst. Ich war einer von denen, die hintenüber gefallen sind. Jung, ungebunden, keine Familie – einen Arschtritt habe ich bekommen. Ich schlage mich jetzt als Söldner durch. Also, falls du mich fragst: Wenn 's nach mir ginge, wären die schwarzen Engel schön in ihrem Bereich geblieben. Will doch auch keiner was mit denen zu tun haben. Und auf einmal begegnet man denen überall.«

Er deutete mit dem Kopf in Richtung Ausgang.

»Wie lange warst du bei der Schutztruppe?«, fragte Ruben. Er probierte sein Essen, es war ausgezeichnet.

»Acht Jahre«, antwortete Gustav mit vollem Mund. »Ich bin direkt nach der Grundausbildung dorthin versetzt worden. Hatte damals eine Scheißangst, das kann ich dir erzählen. Es gab ja die wildesten Gerüchte über die.«

»Du meinst die Unberührbaren?« Ruben zog einen Stift und sein Notizbuch hervor und begann, sich Stichpunkte aufzuschreiben.

»Ja verdammt, die meine ich. Es hieß, sie lebten ganz ohne Männer, und wenn man nicht aufpasste, würden sie sich nachts in die Zelte der Schutztruppe schleichen und – na, du weißt schon.« Er machte eine eindeutige Geste.

Ruben musste sich zusammenreißen, um nicht angewidert das Gesicht zu verziehen.

»Ist es denn jemals zu Übergriffen der Unberührbaren gekommen?«

Gustav wiegte den Kopf hin und her. »Na ja, keiner, bei dem ich Zeuge war.«

Ruben machte sich eine Notiz und fragte sich langsam, ob Gustav ihm als Informant überhaupt weiterhelfen konnte. »Wie war denn die Stimmung im Distrikt der Unberührbaren vor der Verkündung der vollen Persönlichkeitsrechte? Wurde über das Thema gesprochen?«

»Verflucht, keine Ahnung. Von der ganzen Politik haben wir doch als Soldaten nichts mitbekommen. Wir hatten nur unsere Befehle.« Gustav schlug mit der flachen Hand auf den Tisch.

»Wie lauteten die?«

»Wir sollten jeden verdammten schwarzen Engel, der den Distrikt ohne Erlaubnis verlassen will, oder uns zu nahetritt, sofort erschießen!«

Gustav hatte die letzten Worte fast geschrien. In diesem Augenblick betrat Nika das Separee. Gustav fuhr so heftig zusammen, dass er sein Glas vom Tisch fegte.

Nikas Augen wurden schmal. »Ich hole etwas zum Aufwischen. Haben Sie noch einen Wunsch?«

Ruben suchte ihren Blick, doch sie mied ihn. So schüttelte er nur den Kopf.

Nika nickte und verschwand.

Gustav richtete sich wieder auf. »Das meine ich!«, sagte er und wies auf den Vorhang. »Wieso müssen die jetzt überall sein? Sollen wir die ernsthaft wie normale Menschen behandeln?«

Ruben starrte sein Gegenüber an. Das konnte doch nicht wahr sein?

»Wie meinst du das?«, flüsterte er.

Gustav grinste. »Oh nein! Jetzt sag nicht, dieser schwarze Giftpilz, der hier arbeitet, war deine Heidi Klum vom Klo?«

Rubens Blick verriet ihm scheinbar genug. Gustav lachte brüllend.

»Scheiß die Wand an, du warst wirklich lange nicht auf dem Mars oder?«

Ruben schwieg weiter, da betrat Nika das Separee mit einem Besen und einem Handfeger. Gustav rutschte wieder in die äußerste Ecke der Sitzbank. Es war klar, dass er nicht mit ihr in Kontakt kommen wollte.

»Sag mal Schätzchen?«, sagte er zu ihr.

Ruben sah, wie Nikas Muskeln sich anspannten.

»Ja?«, fragte sie.

»Tu meinem Kumpel einen Gefallen, er ist neu hier. Was bist du?«

Nika richtete sich auf. »Ich bin die Bedienung hier im Red Sand.«

Gustav grinste, während sich seine Augen zu Schlitzen verengten. »Du weißt genau, was ich meine. Wie ist deine Kennung?«

Ruben sah, wie Nika zu zittern begann. Er wusste nicht, ob es unterdrückte Wut oder Verzweiflung darüber war, bloßgestellt zu werden.

»Lass sie in Ruhe Gustav«, sagte er laut.

»wir danken Ihnen. Das Essen ist sehr gut«, ergänzte er.

Er sah, wie die Spannung in ihren Schultern ein wenig nachließ. Trotzdem wirkte sie noch immer wie zum Sprung bereit.

Sie beugte sich erneut hinunter, um die letzten Glasscherben aufzufegen.

In diesem Augenblick packte Gustav sie von hinten an den Haaren und zog sie mit dem Hinterkopf so zu sich herunter, dass sie gezwungen war, ihm von unten in sein Gesicht zu sehen.

Ruben sprang auf. »Lass sie los!«

Doch Gustav zog nur noch fester. Nika gab keinen Laut von sich. Sie machte keine Anstalten, sich zu wehren, obwohl Ruben überzeugt war, dass sie sich mit Leichtigkeit aus der Situation hätte befreien können.

»Wer bist du? Wie ist deine Kennung?«, zischte Gustav.

Nika sah Gustav direkt in die Augen. »Ich bin Nika Adrann vom Dritten Distrikt. Unbeschränkte Arbeitsgenehmigung auf dem Mars. Keine Reiseberechtigung zur Erde.«

Gustav ließ sie mit einem Ruck los. Nika nutzte den Schwung, um wieder auf die Beine zu kommen, mit einer Anmut, die Ruben den Atem stocken ließ.

Dann verließ sie ohne ein weiteres Wort das Separee.

Gustav grinste. »Siehst du? Da habe ich dich vor was bewahrt. Stell dir mal vor, du hättest der jetzt nachgestellt. Das hättest du nicht überlebt.«

In Ruben kämpfte die Wut auf sein Gegenüber mit dem Wissen, dass er die Informationen dringend für seinen Artikel benötigte. Auch, wenn Gustav ihm bisher wenige Informationen über die gesellschaftlichen Auswirkungen der Persönlichkeitsrechte für Unberührbare hatte liefern können, lernte er durch ihn doch die offenbar gängigen Vorurteile kennen. Diese könnte er dann in seinem Artikel entkräften. Trotzdem entschied er sich dafür, das Gespräch abzubrechen. Sein Gegenüber weckte zu starke Aversionen in ihm. Er warf seine Serviette auf den Tisch.

»Kontaktieren Sie mich nie wieder.« Dann verließ er das Separee.

»Man trifft sich im Leben immer zweimal, Ruben! Das nächste Mal bin ich nicht so nett«, rief Gustav ihm hinterher.

Ruben war es egal. Er wollte zu Nika.

Doch sie war nicht am Tresen. Er bezahlte die Rechnung bei Derek und sah sich um.

»Sie macht Pause«, beantwortete Derek seine unausgesprochene Frage, »lass sie am besten in Ruhe.«

Ruben zögerte zuerst, doch dann verließ das Red Sand.

BEARBEITUNG

Kaum war Ruben in die kühle staubige Marsluft hinausgetreten, fühlte er sich wie befreit. Er hatte gedacht, dass Gustav Greif oder wie auch immer er hieß, ihm bei seinen Recherchen weiterhelfen konnte. Das war ein Irrtum gewesen. Vielleicht auch ein schlechter Scherz seines Kollegen, der ihm den Tipp gegeben hatte. Ruben ärgerte sich über sich selbst, dass er sich darauf verlassen hatte, ohne eigene Nachforschungen anzustellen. Er wollte in diesem Artikel gut sein. Er wollte sachlich und neutral über die Unberührbaren berichten. Keine politisch eingefärbte Hetze, davon gab es genug. Keine moralische Verpflichtung, die Unberührbaren von der Gesellschaft wieder zu trennen. Die meisten wollten sie ohnehin wieder einsperren.

Doch jetzt bemerkte er, wie wenig er tatsächlich wusste. Obwohl er auf dem Mars aufgewachsen war, war er nie einer Unberührbaren begegnet. Die Erde durften sie nicht betreten, da gab es keinen legalen Weg. Seit sie die vollen Persönlichkeitsrechte erlangt hatten, hatten laut den Statistiken nur wenige von ihnen überhaupt ihre Distrikte verlassen. Es gab fünf Distrikte mit je etwa dreihundert Unberührbaren, so die Schätzung. Genau wusste es keiner. Niemand wagte sich in die Distrikte.

Die Menschen hatten Angst vor dem, was sie dort erwartete.

Plötzlich riss ihn ein Geräusch aus seinen Gedanken. Jemand hustete. Ruben fuhr herum. In einer Ecke seitlich neben dem Red Sand entdeckte er Nika.

Sie war entlang der Wand mit dem Rücken nach unten gerutscht und bearbeitete mit den Händen etwas, das wie ein brauner Ball aussah.

Ruben zögerte, doch dann siegte seine Neugierde. Er ging zu ihr. Sie hockte auf dem Boden, ihr Haar hatte sich gelöst und fiel tiefschwarz bis fast zu ihrer Hüfte und verdeckte einen Teil ihres Gesichts. Ihre Schürze mit dem

Logo des Red Sand hatte sie ausgezogen. Sie lag neben ihr im Sand.

Dort entdeckte Ruben noch etwas. Sie hatte ihre Handschuhe ausgezogen.

Er zuckte zurück. Gleichzeitig hasste er sich dafür. Bestätigte er nicht gerade, dass er selbst ebensolche Vorurteile hatte, wie Gustav und alle anderen?

»Ich werde dich nicht töten«, sagte Nika. Dabei sah sie nicht auf, sondern bearbeitete weiter den braunen Ball.

Ruben verdrängte seine Unsicherheit und ging zu ihr. Bevor er es sich noch anders überlegen konnte, ließ er sich ihr gegenüber an der Wand des Nachbargebäudes nieder. Sie sah auf. Da erkannte er, dass es kein Ball war, den sie in den Händen hielt. Es war ein Klumpen Ton. Sie modellierte etwas. Noch konnte er nicht erkennen, was es werden sollte.

Sie bemerkte seinen Blick. »Es entspannt mich. Ist besser als mit dem Rauchen anzufangen.«

Ruben lachte. Nika sah ihn an. »Was willst du?«

Er wurde wieder ernst. »Ich wollte sehen, wie es dir geht.«

»Schlechtes Gewissen wegen deines Freundes? Musst du nicht. Für die meisten auf diesem Planeten zählen wir nicht mal zu den Menschen.«

»Er ist nicht mein Freund«, stellte Ruben klar. Sein scharfer Ton brachte ihm einen überraschten Blick von ihr ein.

»Er war ein Informant. Ich bin Journalist und will einen Artikel schreiben. Er sollte mir dabei helfen.«

Nika legte den Kopf schief. »Was hast du denn von ihm erfahren?«

Ruben zuckte die Schultern. »Nicht viel. Ich bin gegangen.«

»Warum?«

Er sah sie an. Die Iris ihrer Augen war vollständig schwarz, was ihn irgendwie anzog.

»Ich möchte keine Informationen von Menschen, die andere so behandeln.«

Nika zerdrückte den Ton in ihren Händen. »Wie meinst du das?«

»Er hatte kein Recht so mit dir umzugehen.«

Nika schnaufte. »Spar dir deine selbstgerechte Empörung für deinen Artikel auf. Ich kann gut auf mich selbst aufpassen.«

Ruben setzte zu einer Antwort an, doch sie unterbrach ihn mit einer Geste. »Lass es einfach. Ich bin schon schlimmer behandelt worden als heute.«

Er starrte sie an. »Im Ernst?« Eine Welle von Wut und Mitleid erfasste ihn. Er streckte seine Hand aus, um ihre zu berühren.

Nika fuhr zusammen und zog ihre Hand so schnell zurück, dass sie mit der Schulter gegen die Wand hinter sich knallte.

Im gleichen Augenblick begriff Ruben, was er getan hatte. »Es tut mir leid«, stammelte er. »Das wollte ich nicht. Ich habe nicht nachgedacht.«

Sie drückte sich flach an die Wand. Der Ton war ihr in den Sand gefallen. »Wenn du Selbstmord begehen willst, such dir jemand anderen«, fauchte sie.

Dann drehte sie sich um.

»Bitte geh nicht! Ich wollte das nicht!« Ruben bückte sich und hob ihren Ton auf. Er hielt ihr ihn entgegen. »Bitte.«

Sie zögerte. Schließlich nahm sie den Ton entgegen, wobei sie darauf achtete, ihn nicht zu berühren.

»Danke«, flüsterte sie. Dann griff sie nach ihren Handschuhen, um sie wieder überzustreifen.

Ruben wollte ihr sagen, dass das nicht notwendig war, doch er spürte seine Erleichterung zu deutlich.

Nika verzog den Mund. »Ist schon in Ordnung. Ich würde auch nicht von einer versehentlichen Berührung getötet werden wollen.«

»Ist das wirklich so? Würde das tatsächlich ausreichen?«, fragte er.

Sie sah ihn an. »Was genau weißt du eigentlich über uns?«

Ruben schwieg einige Sekunden, bevor er antwortete. »Seit ich dir begegnet bin, glaube ich, dass ich fast gar nichts weiß. Alles, was man über die Unberührbaren lesen kann, stammt vermutlich von Menschen wie Gustav.«

Sie blickte auf den Boden. »Ich muss wieder arbeiten.«

Ruben wollte nicht, dass sie ging. Er wollte weiter bei ihr sein und mit ihr sprechen. Doch sie steckte sich die Haare bereits wieder hoch.

»Wann ist deine Schicht zu Ende?«, fragte er, einem plötzlichen Impuls folgend.

Sie drehte sich zu ihm um.

Er lächelte unsicher. »Ich hole dich dann ab.« Es klang mehr wie eine Frage.

»Bitte«, fügte er noch hinzu.

»Eine zufällige Berührung von mir reicht nicht aus, um dich zu töten. Normalerweise muss der Kontakt etwa fünf Sekunden dauern. Würdest du meine Hand nur streifen, hättest du leichte bis mittelschwere Vergiftungserscheinungen, die einer ärztlichen Behandlung bedürften.«

Ruben schluckte. »Um acht?«, fragte er dann.

Nika lächelte, und es war das Schönste, was Ruben bisher von ihr gesehen hatte. Sie wirkte das erste Mal vermutlich so jung, wie sie wirklich war. »Um sechs habe ich Schluss.« Dann drehte sie sich um und ging wieder in das Red Sand.

Als Nika hinter den Tresen des Red Sand zurückkehrte, zitterten ihre Hände so sehr, dass sie sich mehrere Minuten lang nicht traute, ein Glas in die Hand zu nehmen.

Was war da eben geschehen? Wer war dieser Mann, der ihr erstmals so offen begegnet war? Der ihr gefolgt war, obwohl er wusste, was sie war?

Sie rieb ihre Hände aneinander.

Der sie beinahe berührt hatte?

Bei dem Gedanken würde ihr übel. Nicht auszudenken, was passiert wäre, wenn sie nicht rechtzeitig reagiert hätte. Das wollte sie nie wieder erleben.

Nie wieder. Sie hatte es sich selbst versprochen.

Derek kam aus der Küche und stellte einige Tabletts vor ihr ab.

»Ist alles wieder okay? Hat der Typ dich vorhin belästigt?«

Nika schüttelte den Kopf. »Alles okay.« Sie überlegte erst, ob sie sich Derek anvertrauen sollte, doch dann schwieg sie. Derek war ihr ohne Vorbehalte begegnet, er erwartete nur, dass sie ihre Arbeit erledigte. Er war fair und bezahlte sie – und er ließ nie zu, dass Gäste sie aufgrund ihres genetischen Erbes verurteilten. Doch so weit, dass sie mit ihm über persönliche Dinge reden würde, war sie noch nicht.

Derek nickte ihr zu. Er schob ihr auf einem Tablett verschiedene Getränke zu. »Bring das bitte zu Tisch sieben, drei und acht.« Dann verschwand er wieder in der Küche.

Nika atmete tief durch und wartete noch einige Augenblicke, bis sie sicher war, dass das Zittern aufgehört hatte, dann machte sie sich an die Arbeit.

Den Rest des Nachmittags fiel es ihr schwer, sich auf die Arbeit zu konzentrieren. Ihre Gedanken wanderten immer wieder zu Ruben. Was wollte er von ihr? Wollte er sich wirklich mit ihr treffen?

Als es sechs Uhr war, konnte sie sich nicht überwinden, das Red Sand zu verlassen. Sie wischte noch die Tische ab, reinigte den Tresen und spülte die letzten Gläser. Immer wieder glitt ihr Blick zur Tür. Würde Ruben sie abholen, oder würde er seinen Entschluss bereuen und erst gar nicht erscheinen?

Um halb sieben warf Derek sie mit freundlichen Worten hinaus. »Du hast Feierabend Mädchen. Lass es gut sein. Bis morgen!«

Nika nickte, hängte ihre Schürze auf, tauschte ihre feinen weißen Arbeitshandschuhe gegen die schwarzen, ledernen, die sie im Alltag trug, wenn sie unter Menschen war. Die schwarzen Handschuhe waren so zum Symbol der Unberührbaren geworden, dass sie im Kampf um die vollen Persönlichkeitsrechte von verschiedenen Gruppen als Symbol verwendet worden waren.

Obwohl sie nicht damit gerechnet hatte, dass Ruben es wirklich ernst gemeint hatte, war sie doch enttäuscht, als sie hinaus in die Dunkelheit trat und er dort nicht auf sie wartete.

Nika schlug den Kragen ihres Mantels hoch und machte sich auf den Heimweg. Sie hatte es nicht weit bis zu dem kleinen Zimmer, dass sie sich bei einem älteren Ehepaar gemietet hatte. Die beiden waren ihr gegenüber sehr unsicher, doch inzwischen hatten sie sich an sie und ihre zurückhaltende Art gewöhnt. Hilfe bei Arbeiten am Haus oder im Garten wollten sie dennoch von ihr nicht annehmen.

Sie ging die staubige Straße entlang. Wie in fast allen kleineren Städten auf dem Mars bestanden die Straßen lediglich aus festgestampfter, roter Erde. Das häufigste Fortbewegungsmittel hier waren Kamele und Überlandzüge. Nur sehr selten verirrte sich ein Marsmobil in eine der kleinen Städte. Diese waren vorwiegend für unwegsames Gelände ausgelegt, und so hatte es sich nie gelohnt, befestigte Straßen anzulegen, die bei jedem mittleren Sturm mit Sand zugedeckt wurden.

Plötzlich hörte sie ein Geräusch hinter sich. Die meisten Menschen wären langsamer gegangen oder hätten sich umgedreht. Nikas Ausbildung jedoch sorgte dafür, dass sie gleichmäßig weiterging, so dass von außen nicht erkennbar war, dass sie überhaupt etwas wahrgenommen hatte. Innerlich konzentrierte sie sich ganz auf die Straße hinter ihr.

Ja, da waren eindeutig Schritte. Jemand folgte ihr. Nika besah die Straße vor sich. An der nächsten Abzweigung bog sie nach rechts ab und verbarg sich im Schatten eines Hauseingangs.

Die Schritte kamen näher. Sie bogen ebenfalls in die kleine Nebenstraße ein.

Wäre Nika noch in der Ausbildung oder in einem Auftrag unterwegs gewesen, hätte sie den Verfolger als Gegner gesehen und ihn an diesem Punkt gestellt.

Doch stattdessen ließ sie ihn vorüberziehen. Im Schein der nächsten Laterne erkannte sie ihn.

Ruben.

Warum war er ihr gefolgt? Hatte er doch auf sie gewartet?

Sie zögerte. Sollte sie sich bemerkbar machen? Ihre Instinkte sprachen dagegen.

»Nika«, rief Ruben, »Nika, bist du hier irgendwo?«

Sie verdrehte die Augen. Garantiert hatte Ruben niemals ein Training für den Kampfeinsatz absolviert. Durch sein Verhalten bot er ein so leichtes Ziel, dass sie ihm amüsiert einige Augenblicke zusah.

Kann ich denn nur so von den anderen Menschen denken, fragte sie sich dann. Sind sie alle entweder Auftraggeber oder Ziele?

Bevor ihr Verstand sie noch zurückhalten konnte, trat sie aus dem Schatten des Hauses heraus.

»Ich bin hier«, sagte sie halblaut.

Ruben hörte sie dennoch. Er drehte sich um und lächelte sie an. »Nika! Gut, dass ich dich noch gefunden habe.«

In diesem Augenblick wusste sie, dass ihr Entschluss sich ihm zu zeigen, richtig gewesen war.

»Ich dachte, du würdest nicht mehr kommen.« Sie hörte selbst, wie verletzt sie dabei klang.

Ruben starrte auf seine Schuhspitzen. »Es tut mir leid. Nachdem ich dich getroffen hatte, habe ich mit meinem Redakteur gesprochen.« Er sah sie wieder an. »Ich habe ihm von der Begegnung mit dir erzählt.«

Nika kroch ein unbehagliches Gefühl wie eine Vogelspinne den Rücken hinauf.

»Er meinte, es wäre toll, wenn ich dich interviewen könnte. Für meine Arbeit. Über die Erlangung der vollen Persönlichkeitsrechte.«

Nikas Ausbildung ließ ihr Gesicht ausdruckslos bleiben. Innerlich trafen sie seine Worte wie ein Messerstich.

Deswegen hatte er sie treffen wollen? Weil sie eine bessere Quelle abgab?

»Könntest du dir das vorstellen? Mir ein Interview zu geben?«, fragte Ruben.

Sie schwieg. Dann fragte sie: »Was ist, wenn ich Nein sage?«

Ruben zog die Brauen zusammen. »Das wäre sehr schade, aber nicht zu ändern.«

Nika sah ihn unbewegt an. Sie musste es jetzt unbedingt wissen. Es war ein Test.

»Ich möchte keine Interviews geben. Ich möchte meine Erfahrungen nicht mit Leuten teilen, die ich nicht einmal kenne, die nur über mich lesen und sich anhand von Worten, die ich nicht selbst geschrieben habe, ein Urteil über mich bilden.«

Ruben verzog enttäuscht den Mund. Dann nickte er. »In Ordnung, das verstehe ich. Ich habe Gustav heute erlebt. Es ist sicher nicht das erste Mal, dass dich jemand aufgrund deiner Herkunft verurteilt.«

Sie nickte nur, weil sie ihrer Stimme nicht traute. Das Thema berührte sie mehr, als sie zugeben wollte.

»Gilt denn unsere Verabredung trotzdem noch?«, fragte er.

Nika starrte ihn an.

Ruben lächelte unsicher. »Wenn du noch möchtest. Ich verspreche dir, alles, was du sagst, bleibt unter uns, das ist kein Interview, nur ein …«, er zögerte, »netter Abend. Du musst mich danach nie wieder sehen, wenn du nicht möchtest.«

Nika lachte leise. »Du meinst ein … Date?«

Ruben wurde rot. Er wich ihrem Blick aus. »Lass es uns doch einfach versuchen und dann definieren wir hinterher, was es war, ist das okay?«

Jetzt musste Nika grinsen. Wer hätte gedacht, dass Ruben genauso verunsichert war wie sie selbst?

Sie nickte. »In Ordnung. Wohin gehen wir?«

BESTÜRZUNG

Nika genoss die Aussicht über die Stadt. Ruben hatte mit ihr in ein kleines Restaurant gehen wollen, doch sie hatte abgelehnt. Zwar hatten sich die meisten Leute inzwischen an ihren Anblick gewöhnt und gingen ihr nicht mehr gezielt aus dem Weg, doch trotzdem wollte sie nicht in einem Restaurant essen gehen.

Also hatte Ruben ihnen etwas zu essen besorgt, und sie waren auf die Aussichtsplattform im Norden der Stadt geklettert. Dort hatten sie ein Picknick ausgebreitet. Nika atmete tief ein. Es war ein schönes Gefühl, die Stadt so vor sich zu sehen, sich für einen Augenblick frei zu fühlen.

Und wie ein ganz normaler Mensch.

»Kommst du öfter hierher?« unterbrach Ruben das Schweigen.

Sie schüttelte den Kopf. »Bisher war ich erst einmal hier.«

Sie schwiegen wieder.

»Warum willst du den Artikel über die Persönlichkeitsrechte schreiben?«, fragte sie unvermittelt.

Er verschluckte sich an einem Stück Bratkartoffel und begann zu husten. Als er wieder Luft bekam, sah er sie an. »Ich möchte wissen, wie das damals genau vor sich gegangen ist und welche Auswirkungen es auf euch hatte.«

»Aber warum? Was interessiert es dich? Der Krieg ist vorbei.«

Er legte den Kopf schief und schien zu überlegen, wie viel er ihr erzählen sollte.

»Kannst du dich an den Krieg erinnern?«, fragte er.

Sie schüttelte den Kopf. »Er endete vor mehr als fünfzehn Jahren. Da war ich noch zu klein. Ich weiß nur das, was meine Eltern mir erzählt haben.«

»Bist du«, er zögerte, »ausgebildet worden?«

Nikas Mund wurde schmal und ihr Blick stechend. »Was willst du von mir?«, fauchte sie.

Ruben zuckte zurück. Er hob die Hände und streckte ihr seine leeren Handflächen entgegen. »Bitte, es tut mir leid. Ich bin einfach neugierig. Ich bin nie mit jemandem wie dir ausgegangen.«

Sie sprang auf. »Ist das der Grund, warum du mich gefragt hast? Weil ich anders bin? Weil du Informationen für deinen Artikel brauchst?«

Er setzte zu einer Antwort an, schwieg dann jedoch.

Sie biss sich auf die Lippen. »Ich hätte es wissen müssen.« Sie schob sich an ihm vorbei und begann, die Leiter der Aufstiegsplattform wieder hinunterzuklettern.

»Nika warte! Bitte!«, rief Ruben.

Irgendwas in seiner Stimme hielt sie zurück. Sie sah ihn an. »Was?«, fauchte sie.

In seinem Blick lag ehrliches Bedauern. »Bitte geh nicht. Ich wollte wirklich nicht nur deswegen mit dir hierherkommen.«

»Aber auch?«, hakte sie nein.

Seine Schultern sackten nach vorne. »Ja, auch«, gab er zu, »als ich dich zuerst gesehen habe, wusste ich nicht, was …«, er stockte, »wer du bist. Ich fand dich einfach als …«, er stockte wieder. »… Mensch interessant. Ich habe erst durch Gustav erfahren, dass du zu den Unberührbaren gehörst. Ich kannte das bisher nur von Fotos und aus Berichten. Die sahen nicht aus wie du.«

Nika schwieg und sah ihn nur an. Sie verharrte in ihrer Position und machte keine Anstalten weiter hinunterzuklettern.

»Sprich weiter«, forderte sie ihn auf.

Er schluckte und nickte. »Du wärst eine fantastische Quelle, das stimmt. Ich will es mit diesem Artikel allen beweisen. Dass ich es kann, meine ich. Dass ich ein guter Journalist bin.«

Sie legte den Kopf schief. »Wer ist denn da anderer Meinung?«

Ruben wich ihrem Blick aus. »So ziemlich alle. Mein Chef, bei dem ich das Abschlussvolontariat mache. Mein Mitstudent von der Uni, der dort auch arbeitet. Meine Familie.«

Die letzten Worte hatte er nur noch geflüstert.

Nika kletterte die Leiter wieder hoch und stellte sich auf die Plattform. Sie überragte Ruben um mehr als einen Kopf, als sie sich aufrichtete.

»Was ist mit deiner Familie?«, fragte sie.

Er sah sie an und lächelte schwach. »Das hier ist mehr ein Verhör als eine Unterhaltung, das ist dir klar, oder?«

Nika lächelte nicht. »Ich weiß gerne, mit wem ich es zu tun habe. Also?«

Sie rechnete damit, dass er ihr ausweichen würde. Kaum jemand konnte sich ihrer Stimme und ihrer Präsenz entziehen, das hatte sie ihrer Ausbildung in Verhörtechniken zu verdanken. Die meisten Menschen ergriffen an diesem Punkt einer Unterhaltung mit ihr die Flucht.

Ruben blieb. »Mein Nachname ist Saint Clair.«

Nika stieß die Luft aus. »Im Ernst? Die Saint Claires?«

Ruben nickte. »Der ehemalige Verteidigungsminister ist mein Großvater, der aktuelle Innenminister ist mein Vater und eine der führenden Genetikerinnen im Projekt ‚Schwarzer Engel‘ war meine Mutter.«

Nika wurde übel. »Deine Mutter hat am Projekt ‚Schwarzer Engel‘ gearbeitet?«

Ruben nickte. »Aber erst zu einem späteren Zeitpunkt, kurz vor dem Ende des Krieges. Sie hatte nichts damit zu tun, wie die Unberührbaren auf den Mars gekommen sind.«

Der Krieg war mit der nicht von der Erde anerkannten Unabhängigkeitserklärung der Marskolonie ausgebrochen.

Zunächst bekämpften sich beide Parteien auf konventionelle Weise: Mit Soldaten und Waffengewalt. Doch die Bewohner des Mars erhielten immer mehr Sympathisanten, die für eine Unabhängigkeit des Mars und den Frieden waren.

Die vereinten Regierungen der westlichen Staaten wollten sich keine Blöße geben und nachgeben, zudem besaß der Mars wertvolle mineralische Ressourcen, auf die sie angewiesen waren. Hätte die Marskolonie selbst diese Ressourcen abbauen und handeln können, mit wem sie wollte, hätte dies den westlichen Ländern der Erde massiven wirtschaftlichen Schaden zufügen können.

Also wurden ihre Methoden subtiler.

Sie setzten Spione ein, unterwanderten die Führung des Mars. Doch auch das fiel irgendwann auf und ließ völlig paranoid gewordene Bewohner zurück, die in jedem einen Spion sahen.

Dann begann das Projekt »Schwarzer Engel«.

Ziel war es, einen Soldaten zu schaffen, in dessen Haut sich ein Kontaktgift bildete. Damit hätte er rasch und geräuschlos töten können.

Die ersten Versuche sahen vielversprechend aus. Zuerst wurde an freiwilligen Soldaten getestet. Ihr genetischer Code wurde durch Retroviren, die einen neuen genetischen Code in sich trugen, so verändert, dass ihre Haut giftig wurde.

Leider führte die Veränderung des genetischen Codes zu einer stark reduzierten Lebenserwartung, die Soldaten starben binnen eines Jahres.

Dann kamen Genetiker auf die Idee, keine Erwachsenen zu verändern, sondern bereits im Embryostadium die Genstruktur zu verändern. Es gelang, das Gen für das Hautgift an das X-Chromosom zu koppeln. So entstand die erste Generation von Frauen, die bei Berührung töten konnten. Sie waren die ersten »Schwarzen Engel«.

Ihr Name sollte ursprünglich auf ihre Funktion als Todbringer anspielen, doch aufgrund der Veränderung an der genetischen Struktur, waren sie tatsächlich alle schwarzhaarig mit einer schwarzen Iris und einer sehr hellen, fast durchscheinenden Haut.

Sie wurden militärisch ausgebildet und zur perfekten Waffe kreiert.

Der Einsatz der Schwarzen Engel brachte beinahe die Wende in dem Unabhängigkeitskrieg, der sich inzwischen bereits über beinahe drei Jahrzehnte erstreckte. Doch dann gelang es den Marsbewohnern, die Forschungsergebnisse über die Schwarzen Engel zu stehlen und sie weiterzuentwickeln.

Die Auswirkungen für den Krieg waren entscheidend: Durch den massiven Einsatz der todbringenden Frauen in den Führungsebenen der verfeindeten Regierungen erlangte der Mars die Unabhängigkeit.

Doch ab da waren die Schwarzen Engel auf dem Mars beheimatet, und nach dem Krieg wusste niemand, wohin mit ihnen.

So entstanden die Distrikte. Erst zehn Jahre nach Ende des Krieges gelang es einer Gruppe von Menschenrechtlern, durchzusetzen, dass die Unberührbaren ihre Distrikte unter bestimmten Auflagen verlassen durften. Diese Erlangung der eingeschränkten Persönlichkeitsrechte war inzwischen fünf Jahre her.

»Deine Mutter ist Genetikerin?«

Nika begann zu zittern. Plötzlich spürte sie, dass sie sich übergeben musste. Sie beugte sich über das Geländer und gab das Essen wieder von sich. Ihre Hände krallten sich in das Geländer, damit sie nicht fiel. Plötzlich spürte sie Rubens Anwesenheit hinter sich. Er wollte sie berühren, das nahm sie überdeutlich wahr.

»Nicht«, flüsterte sie.

»Schsch«, machte er und legte seine Hand auf ihre Schulter. Sie zuckte heftig zusammen. Er nahm seine Hand nicht weg. »Halt still«, flüsterte er. Dann strich er ihr mit der anderen Hand die Haare aus dem Gesicht, ohne ihre Haut zu berühren. Nika erstarrte. Sie wagte nicht, zu atmen. Sollte er auch nur versehentlich ihre Haut berühren, würde das Kontaktgift, das sie in sich trug, dafür sorgen, dass er schwere Vergiftungserscheinungen bekam, dafür reichte auch ein kurzer Kontakt aus.

Lange verharrten sie einfach so: Nika, erstarrt wie Marsgestein, und Ruben, mit der einen Hand auf ihrer Schulter und der anderen an ihren Haaren.

Irgendwann hielt Nika die Anspannung ihres Körpers nicht mehr aus.

»Bitte lass mich los«, flüsterte sie.

Sie spürte, wie er seine Hand wegnahm, und die Wärme seiner Hand, die durch den Stoff ihres Mantels bis an ihre Haut gedrungen war, sich abkühlte Es wunderte sie, wie sehr sie sich wünschte, dass er seine Hand wieder auf ihre Schulter legen würde.

Sie erhob sich und strich ihren Mantel glatt. Dann sah sie ihm in die Augen. Noch nie hatte sie jemand freiwillig berührt, außer anderen Unberührbaren, die immun gegen das Hautgift waren.

Ruben schien zu spüren, was in ihr vorging.

»Es ist in Ordnung«, sagte er leise.

Nika nickte. Doch ihre Gedanken rasten. Ein Mensch hatte sie freiwillig berührt. Ohne Angst, ohne Hass, ohne Verachtung.

Was hatte das zu bedeuten?

Rubens Hand schien zu brennen. Er hatte sie berührt! Es war ganz spontan geschehen, ohne dass er darüber nachgedacht hatte. Nika sah ihn noch immer nicht an.

Er setzte ein paarmal an, etwas zu sagen, doch dann schwieg er. Es gab nichts, was er hinzufügen konnte. Er war ehrlich zu ihr gewesen, vermutlich ehrlicher, als er sonst sich selbst gegenüber war.

»Wird dein Artikel etwas verändern?«, fragte sie plötzlich, ohne sich umzudrehen.

»Was meinst du?«, fragte er.

»Wird dein Artikel zeigen, dass wir auch Menschen sind?« Ihre Stimme brach.

Ruben schwieg. Er wollte ihr sagen, dass er sich für die vollen Persönlichkeitsrechte der Unberührbaren einsetzen würde. Doch das war nicht die Wahrheit. Er wusste nicht warum, aber sie hatte in ihm etwas berührt. Er hatte noch nie eine Frau kennengelernt, die so unnahbar war und auf ihn gleichzeitig eine solche Anziehungskraft ausübte. War es die Gefahr, die sie mit sich brachte?

Ruben schüttelte den Kopf. Nein, das war es nicht. Es war mehr ihr Stolz, ihre Unabhängigkeit. Obwohl sie zu einem Volk gehörte, das überhaupt nur geschaffen worden war, um …

Er unterbrach seinen Gedanken, als ihm bewusst wurde, dass sie ihm eine Frage gestellt hatte.

»Ich weiß es nicht«, sagte er. »Ich weiß nicht, ob mein Artikel etwas ändern wird. Ich bin nicht mal sicher, ob er überhaupt gedruckt wird.«

Nika drehte sich zu ihm um. »Warum willst du ihn dann schreiben?«, fragte sie.

Dazu musste Ruben nicht überlegen. »Ich stamme aus einer Familie von Menschen, die für die Regierung arbeiten. Politiker und Wissenschaftler. Mir liegt weder das eine noch das andere, aber ich möchte über die Themen berichten. Ich möchte Menschen klarmachen, warum es wichtig ist, sich mit den Themen aus der Politik auseinanderzusetzen, weil es uns alle angeht. Wenn die Wahlbeteiligung bei nicht mal fünfzig Prozent liegt, wie kann man da noch von Demokratie sprechen? Wenn die

Hälfte der Menschen nicht mal zur Wahl geht, weil sie ohnehin keinen Sinn darin sehen?« Er merkte, dass er sich in Rage geredet hatte. »Das will ich ändern. Darum habe ich Journalismus studiert«, sagte er etwas ruhiger.

Nika lächelte ihn an. »In dir schläft also doch eine Leidenschaft.«

Er sah sie verblüfft an. »War das ein Test?«

Sie ging nicht auf die Frage ein. Stattdessen sagte sie: »Ich werde das Interview mit dir machen. Hol mich morgen Abend um sechs am Red Sand ab.«

Dann drehte sie sich um und kletterte die Leiter der Aussichtsplattform hinunter. Sie sah nicht mehr zu ihm hin, als sie ging. Ruben schaute ihr nach, bis die Dunkelheit sie verschluckt hatte.

Am nächsten Abend führte Ruben Nika zu einem kleinen Restaurant, das ganz am Anfang der kleinen Stadt lag. Er hatte bei der Reservierung auf ein nicht einsehbares Separee bestanden und darauf geachtet, dass Nika vor neugierigen Blicken gut geschützt war. Sie presste die Lippen beim Betreten des Restaurants fest aufeinander, doch als sie den Sitzplatz eingenommen hatte, warf sie ihm einen dankbaren Blick zu.

»Das wird gehen«, murmelte sie.

Er bemerkte, dass sie ihre behandschuhten Hände ineinander knetete und hoch aufgerichtet dasaß. Die Situation verunsicherte sie stärker, als er gedacht hatte.

»Gehst du sonst nicht aus?«, fragte er und hätte sich im gleichen Augenblick am liebsten selbst in die Zunge gebissen.

Nika sah ihn an, als überlege sie, was sie darauf antworten sollte. Dann senkte sie den Blick. »Ich komme nicht oft dazu, auszugehen.« Es klang wie ein Vorwurf an ihn.

Ruben setzte sich. »Entschuldige bitte. Was möchtest du essen?«, versuchte er, die Situation zu retten.

Er rechnete mit einer einsilbigen Antwort, doch zu seiner Überraschung griff sie nach der Speisekarte und studierte sie gründlich. »Ich nehme die Forelle mit roten Kartoffeln und Mungobohnensprossen.«

Er nickte. »Ich gehe nach vorne, um es zu bestellen.«

Ruben verließ das Separee und sagte der Kellnerin Bescheid. Als er zu Nika zurückkehren wollte, hielt ihn jemand am Arm fest. Ruben drehte sich um. Vor ihm stand eine etwa sechzigjährige Frau, die ihm bis zur Schulter reichte. Ihre gelbgrauen Haare waren zu einem Knoten aufgesteckt und sie trug neben einer schlichten Bluse und einer grauen Hose eine Schürze des Restaurants.

»Ja?«, fragte er.

»Ich bin die Besitzerin«, erklärte sie knapp. Sie wies mit dem Kopf zu dem Separee, in dem Nika saß. »Wenn die da drin Ärger macht, mache ich Sie dafür verantwortlich.«

Ruben dachte, er hätte sich verhört. »Was meinen Sie damit?«

Die Wirtin schnaubte. »Das da«, sie benutzte ihren Finger wie ein römischer Stadthalter, der über Leben und Tod der Gladiatoren in der Arena entscheidet, »dürfte ohne Sie mein Restaurant nicht betreten. Da Sie mit ihr hier sind, tragen Sie die Verantwortung.«

Ruben öffnete den Mund, um etwas zu sagen, dann packte ihn die Wut.

»Sie – es ist eine sie – und SIE hat einen Namen und das gleiche Recht hier zu sein, wie jeder andere Mensch!« Er merkte, dass er laut geworden war. Andere Gäste sahen bereits zu ihnen hinüber.

Die Wirtin ließ seinen Arm los. »Da wo Sie herkommen, mag man das so sehen. Behalten Sie sie im Auge.«

Bevor Ruben noch etwas entgegnen konnte, drehte sie sich um und ließ ihn stehen.

Ruben starrte ihr nach. Er erwog, ihr nachzulaufen und ihr klarzumachen, dass ihre Einstellung zur Diskriminierung der Unberührbaren beitrug, doch dann entschied er sich dagegen. Gerade in der Nähe zu den Distrikten hatten viele Menschen Vorurteile, empfanden Hass gegenüber den Unberührbaren, was wohl vor allem daher kam, dass sie sie nicht kannten. Diskriminierung und Rassismus hatten ihre Wurzel oft in Angst und Unkenntnis. Ruben sah ein, dass er hier im Moment nichts tun konnte. Er musste mit Nika sprechen, und vielleicht würde sein Artikel ja tatsächlich nicht nur veröffentlicht, sondern auch gelesen.

Als er das Separee wieder betrat, sah er Nikas Gesicht an, dass sie die Unterhaltung mit angehört hatte.

»Bereust du es schon, mich mitgenommen zu haben?«, fragte sie.

Er schüttelte den Kopf. »Ich verstehe jetzt, warum ich dich erst dazu überreden musste.«

Sie schwiegen. Ruben setzte sich, doch die Stille zwischen ihnen breitete sich aus wie ein Nebel.

Eine Kellnerin brachte das Essen und Getränke. Nika dankte ihr stumm und wagte es erst, das Besteck zu berühren, als die junge Frau das Separee wieder verlassen hatte.

Ruben pickte einige Bohnen aus seinem Essen und überlegte, was er sagen konnte. Er umklammerte seine Gabel so fest, dass sich ihr Griffmuster in seiner Handinnenfläche abdrückte.

Nika schien äußerlich vollkommen ruhig zu sein. Machte ihr das Schweigen nichts aus? Was konnte er sie fragen?

»Willst du nicht anfangen?«, fragte sie ihn plötzlich unvermittelt und sah ihn an.

Er verschluckte sich und begann zu husten. Sie grinste und reichte ihm eine Serviette.

»Ich dachte, deswegen bin ich hier. Weil du mich ausfragen willst.«

Ruben wischte sich den Mund ab und trank einen Schluck. »Das nennt man Interview.«

»Damit es nicht so sehr nach unangenehmen, persönlichen Fragen klingt?«

Er sah sie an. In ihrem Gesicht lag keine Spur von Ironie. Hatte sie das ernst gemeint?

»Hm, normalerweise fange ich tatsächlich mit den persönlichen Daten an, aber wir können auch über etwas sprechen, was dir wichtig ist.«

Sie legte den Kopf schief. »Du meinst, so was wie in Ruhe essen zu können, ohne lästige Fragen?«

Rubens Blick wanderte hektisch an ihr vorbei. Dann entdeckte er den feinen Hauch eines Lächelns auf ihren Lippen.

»Du bist wirklich schnell zu verunsichern.«

»Und du bist ziemlich gut darin, es zu tun.«

Sie zuckte mit den Schultern. »Gehört alles zur Ausbildung.«

Sie konzentrierte sich mit einem Mal ganz auf ihr Essen, ohne aufzusehen.

Wieder legte sich das Schweigen zwischen sie, doch dieses Mal wollte Ruben es nicht zulassen.

»Wie lange bist du ausgebildet worden?«, brachte er heraus.

Sie zuckte die Schultern, ohne aufzusehen.

Er spürte, dass er ungeduldig wurde. »Es ist in Ordnung, wenn du nichts sagen möchtest. Dann nehmen wir das hier als Essen, und ich frage nicht mehr.« Er hörte selbst, wie beleidigt er dabei klang.

Ihr Blick schoss in seine Richtung und nagelte ihn fest.

»Ich bin mir nicht sicher, ob du wirklich wissen willst, wie wir in den Distrikten leben und ausgebildet werden.«

Dieses Mal hielt er ihrem Blick stand.

»Versuch es.«

Nikas früheste Erinnerung war die an ihre Eltern, wie sie mit ihr auf dem großen Bett im Schlafzimmer herumtobten. Sie warfen Nika in die Luft, und sie quietschte vor Vergnügen. Ihre Mutter kitzelte sie an den Füßen, und ihr Vater rollte sie immer wieder herum. Nika lachte und wehrte sich zum Schein. Plötzlich erwischte sie dabei den weißen Handschuh ihrer Mutter und zog ihn von ihrer Hand.

Schlagartig war das Spiel beendet. Ihre Mutter zog sich sofort in die hinterste Ecke des Bettes zurück und schob ihre nackte linke Hand in den rechten Ärmel. Den Blick in ihren Augen würde Nika nie vergessen: Nacktes Entsetzen verbunden mit so großer Scham, dass sie ihre eigene Tochter nicht ansehen wollte.

»Nika, gib mir den Handschuh«, bat ihr Vater und seine Stimme zitterte.

Eigentlich wollte Nika mit dem Handschuh als Beute weglaufen und sich zum Schein von ihren Eltern fangen und erneut kitzeln lassen. Aber etwas in den Blicken ihrer Mutter und der Stimme ihres Vaters hielt sie davon ab. Eine Dringlichkeit, die sie bis in jede Pore ihrer Haut spürte, auch wenn sie sie nicht benennen konnte.

Schweigend reichte sie ihrem Vater den Handschuh. Er reichte ihn an ihre Mutter weiter, die ihn mit spitzen Fingern annahm, ohne ihren Mann dabei zu berühren.

Als sie wieder beide Handschuhe trug, stand sie auf.

»Ich kümmere mich um das Mittagessen«, sagte sie nur und ging in die Küche.

Ihre Eltern hatten nie wieder mit ihr über den Vorfall gesprochen, aber das war das letzte Mal gewesen, dass sie so unbeschwert mit ihrer Tochter getobt hatten.

Nika war damals fünf Jahre alt gewesen.

Ruben schwieg, als sie geendet hatte. Außer anteilnehmenden Floskeln fiel ihm nichts ein, was er sagen konnte.

Nika sah ihn an. »Das ist eine der harmloseren Episoden aus meinem Leben. Bist du sicher, dass du die anderen hören willst?«

Nein, das war er nicht. Wie würde er Nika, wie würde er seine eigene Familie sehen, wenn sie weitersprach?

Er nickte.

Sie zuckte mit den Schultern. »In Ordnung.«

Mit sechs kam Nika in die Schule. Gemeinsam mit acht anderen Mädchen in ihrem Alter lernte sie lesen, schreiben und rechnen.

Weitere Fächer waren Psychologie und Selbstverteidigung.

Zum ersten Mal erfuhr sie mehr über das, was sie war und wo sie lebte.

Und wozu sie sich entwickeln würde.

Ihre Lehrerin hatte schon viele Klassen unterrichtet und versuchte, das Thema so emotionslos wie möglich zu behandeln.

»Haben deine Eltern nie mit dir darüber gesprochen?«, unterbrach Ruben sie.

Nika wich seinem Blick aus. »Es war sehr schwer für sie. Fast alle Eltern im Distrikt klären ihre Kinder erst vollständig auf, wenn sie in die Schule kommen und ausgebildet werden. Sie wollen ihnen so lange wie möglich eine richtige Kindheit ermöglichen.«

Ruben dachte nach. »Vielleicht wollten sie auch zu deinem Schutz für einige Zeit das Bild einer ganz normalen Familie aufrechterhalten.«

»Das war meine ganz normale Familie«, sagte sie.

Er schwieg betroffen.

Sie fuhr fort, ohne ihn noch einmal anzusehen.

Die oberste Regel an der Schule war, niemals die Handschuhe abzulegen. Wurden die Handschuhe schmutzig oder nass, gab es einen großen Schrank im Flur vor dem Sekretariat, wo sich jedes Kind und jede Lehrerin ein neues Paar herausnehmen konnte.

Nika stand oft vor dem Schrank und bewunderte die vielen, sorgfältig aufgereihten, weißen Handschuhe. Es gab welche, die ganz schlicht waren, andere hatten aufwändig eingestickte Muster oder eine handgefertigte Spitze. Die Handschuhe wurden im Textilunterricht der höheren Klassen und von den wenigen Männern im Distrikt genäht und verziert.

Oft nahm Nika ein Paar heraus und probierte sie an. Sie strich sich dann über die Arme und die Wangen, um zu spüren, wie weich sie waren.

Was es an keinem Handschuh gab, waren Löcher. Auch das kleinste Loch wurde sofort sorgfältig gestopft.

Später, als sie in den höheren Klassen war, kam sie noch oft an dem Schrank vorbei. Doch da hatte sie ihn schon hassen gelernt.

Ruben hatte sich während ihrer Erzählung Notizen gemacht.

»Was wäre geschehen, wenn eine von euch vergessen hätte, die Handschuhe zu tragen?«

Um Nikas Mund bildete sich ein zynisches Lächeln. »Ich erzähle es dir. «

In Nikas Klasse an der Grundschule gab es einen Jungen. Er war der Einzige in der Klasse.

Das Gen für das Hautgift wurde dominant über das X-Chromosom vererbt. Die Genetiker entschieden jedoch, bei der künstlichen Befruchtung beide Geschlechter entstehen zu lassen, um ausreichend potenzielle Samenspender für die weitere Vermehrung zur Verfügung zu haben.

Die stabilste Verbindung war die Kombination Xx – eine Frau mit einem dominanten Gen für das Hautgift und einem rezessiven Gen. Eine doppelt dominante Frau XX verfügte zwar über das Hautgift, doch ihre psychische Struktur war instabil. Da sie aber ausreichend lange lebte, um einige Aufträge zu erfüllen, maßen die Genetiker dem bei ihrer Arbeit keine besondere Bedeutung zu.

Dann gab es am Anfang noch xx-Frauen, solche, die nicht über das Hautgift verfügten, aber den Wissenschaftlern gut als Leihmütter für die Embryonen dienten. Diese Form der genetischen Struktur wurde aber seit dem Vorfall mit Miree nicht mehr fortgesetzt.

An dieser Stelle hob Ruben den Blick von seinen Notizen, doch Nika murmelte nur: „Davon erfährst du später" und setzte ihre Erzählung fort.

Embryonen, die den Code XY besaßen, also männliche Embryonen, die theoretisch über das Hautgift verfügten, waren nicht lebensfähig und starben kurz nach der Zeugung ab.

In seltenen Fällen kam es zu einer xY-Verbindung: Ein gesunder Junge ohne das Kontaktgift.

Ein solcher war in Nikas Klasse. Sein Name war Keo.

Keo liebte den Sportunterricht. An dem Tag, an dem es passierte, war Turnen dran. Die Kinder liebten es, an den Kletterwänden emporzuklettern, sich an den Ringen zu hangeln oder über Hindernisse zu springen.

Für Keo war es normal, mit all den Mädchen Unterricht zu haben. Er trug wie alle Kinder Handschuhe und dazu Kleidung, die nur sein Gesicht freiließ. Jungen hatten einen besonderen Stellenwert, denn alle wollten, dass sie erwachsen werden, weil sie so selten waren. Deswegen tat man in der Gemeinschaft der Unberührbaren alles, um sie zu schützen.

Die Lehrerin war den Kindern beim Klettern behilflich und zeigte ihnen, wie es ging.

Sie half einem Mädchen, an den Ringen hochzuklettern. Dabei blieb ihr Handschuh an einem rauen Kettenglied hängen, an dem die Ringe aufgehängt waren. Dieser riss den Handschuh der Lehrerin an der Handfläche auf.

Sie half dem Mädchen von den Ringen hinunter und schickte eines der Kinder zum Schrank vor dem Schulsekretariat, um ihr ein neues Paar Handschuhe zu besorgen.

In diesem Moment geschah es.

Nika erinnerte sich, wie Keo Anlauf nahm, um über einen besonders hohen Kasten zu springen.

Er schaffte es knapp hinauf und blieb mit dem Fuß hängen. Dadurch verlor er das Gleichgewicht und stürzte auf der anderen Seite hinunter. Er rutschte ein Stück über die Matte, sein Shirt schob sich hoch.

Wie erstarrt blieben alle Kinder stehen. Niemand wagte, sich dem verletzten Keo zu nähern. Sie waren in der vierten Klasse, das Kontaktgift begann bei den meisten, sich zwischen dem zehnten und zwölften Lebensjahr zu bilden. Wenn jemand Keo berührte, konnte er sterben.

Keo schrie. Sein Arm war in einem unnatürlichen Winkel verdreht. Die Lehrerin lief herbei, um zu helfen. Sie versuchte, mit der einen Hand, deren Handschuh intakt war, Keos Arm zu untersuchen. Doch Keo schrie und schlug um sich. Mit dem gesunden Arm versuchte er, die Lehrerin abzuwehren, und traf sie beinahe im Gesicht. Nikas Lehrerin schützte ihr Gesicht mit ihrer Hand und fing den Arm ab.

Es war die falsche Hand.

Sie begriff es im gleichen Augenblick, doch es war zu spät.

Sie schlug sofort Alarm, eines der Kinder löste den Gift-Alarmknopf aus, den es in jedem Raum der Schule gab.

Jede Hilfe kam zu spät. Keo war nicht immun und der kleine Körper nicht vergleichbar mit dem eines Erwachsenen. Ein kurzer Kontakt reichte.

Nika sah, wie Keo die Augen verdrehte, begann zu röcheln und schließlich Schaum aus seinem Mund quoll. Er zuckte unkontrolliert und rollte den Kopf hin und her. Dann starb er.

Keos Tod löste eine neue Diskussion darüber aus, ob Jungen überhaupt die Schule besuchen sollten. Seine Eltern hatten sich bewusst dafür entschieden, trotz des Risikos.

An diesem Abend fand Nika nur Trost in dem Gedanken, dass ihr eigener Vater die Schule überlebt hatte.

Ruben schwieg mehrere Minuten betroffen.

»Tragt ihr deswegen als Kinder alle bereits Handschuhe? Um die Jungen in der Klasse zu schützen?«

Nika sah ihn an. »Das Kontaktgift in der Haut bildet sich erst in der Pubertät. Wir werden aber von Anfang darauf vorbereitet, uns so zu verhalten, als sei jede Berührung giftig.«

In Ruben breitete sich ein Entsetzen aus wie eine Welle von Übelkeit, als er begriff, was das bedeutete.

»Du durftest nie jemanden wirklich berühren«, flüsterte er.

Sie wich seinem Blick aus. »Seit ich alt genug bin, die Handschuhe zu tragen. Ich dachte, das wäre dir klar gewesen.«

Nein, das war es nicht. Über diesen Punkt hatte er nie gedacht. Die Unberührbaren waren für ihn ausgebildete Kämpfer, Elitesoldaten, mit der Fähigkeit durch Berührung zu töten.

Was das aber für die Schwarzen Engel selbst bedeutete, für ihre Entwicklung, für ihr Leben, das war ihm nie bewusst geworden. Er bekam eine Ahnung davon, was er bis jetzt alles nicht hatte sehen wollen.

»Nika«, er griff über den Tisch nach ihren behandschuhten Händen und legte seine Finger auf ihre.

Sie zog die Hände so ruckartig zurück, dass sie mit den Knien gegen den Tisch stieß und Rubens Glas umfiel. Ihr Blick traf ihn wie eine Ohrfeige.

»Tu das nie wieder«, zischte sie. Dann stand sie auf und verließ das Separee.

Ruben fluchte und folgte ihr. Er betrat den Schankraum und sah gerade, wie Nika durch die Tür hinausrannte. Die Wirtin hielt ihn auf, als er ihr folgen wollte.

»Es ist besser so. Da kann nichts Gutes draus werden«, sagte sie und drückte ihre Hand gegen seine Brust. Er stieß sie weg und lief hinaus.

Draußen fand er Nika gegenüber des Restaurants halb in den Schatten gedrückt.

»Geh weg«, presste sie hervor, bevor er auch nur auf zehn Schritte an sie herangekommen war.

Für einen Augenblick erwog er, sie in Ruhe zu lassen.

Dann sagte er: »Nein. Ich bleibe.«

Sie riss den Kopf zu ihm herum. »Willst du so dringend sterben?«, schrie sie.

Alles in seinem Inneren schrie danach, vor ihr zurückzuweichen, doch stattdessen ging er noch zwei Schritte auf sie zu.

»Ich möchte dich kennenlernen.«

Sie schnaubte: »Das ist in etwa das Gleiche.«

Ruben schüttelte den Kopf: »Das akzeptiere ich nicht.«

»Die Menschen um mich herum sterben, Ruben!«, schrie sie, »dafür bin ich geboren worden.«

»Du bist doch mehr als das.«

»Hör auf zu versuchen, etwas in mir zu sehen, dass ich nicht bin. Ich brauche dein Mitleid nicht.«

Sie drehte sich von ihm weg und wollte zwischen den Häusern verschwinden.

Ruben rannte, um sie nicht aus den Augen zu verlieren. Dieses Mal bemerkt er, wie sie wieder versuchte, sich im Schatten zu verstecken. Er ging auf sie zu und fasste sie am Arm.

»Ruben, nein!« Sie riss sich los. Doch Ruben wollte sich nicht abschütteln lassen.

»Ich habe keine Angst vor dir«, rief er und griff wieder nach ihrem Arm. Nika war schneller und zog den Arm zurück.

Sie war nicht schnell genug.

Ruben fühlte für einen Augenblick die Wärme ihrer Haut und sah zu seinen Fingern hinunter. Seine Hand lag auf ihrem entblößten Handgelenk.

Bevor er noch selbst loslassen konnte, spürte er einen erdrückenden Schwindel und sackte auf dem roten Boden zusammen. Das Letzte, was er sah, bevor er in einer Welle von Übelkeit das Bewusstsein verlor, war Nikas entsetzter Blick.

BERÜHRUNG

Nika sah, wie Ruben zu Boden sank und reagierte instinktiv. Sie wusste, in welche Tasche Ruben sein Handy gesteckt hatte. Solche Dinge zu registrieren, gehörte zu ihrer Ausbildung. Auch nach dem Ende des Krieges hatte die Marsregierung verfügt, dass die Unberührbaren weiterhin ausgebildet wurden. Zum einen aus Ermangelung an Alternativen, zum anderen, weil man ja nie wissen konnte, wozu man sie noch brauchen würde. Sie wählte den Notruf.

»Ein Mann ist in einer Gasse zusammengebrochen, Ursache ist ein Kontaktgift.«

Sie gab die Adresse durch und bat um schnelle Hilfe. Dann sah sie zu Ruben hinunter. »Halt durch«, flüsterte sie.

Dann zog sie sich so weit zurück, dass man sie nicht entdecken konnte, sie aber dennoch in der Lage war, alles zu beobachten.

Der Ambulanzrover kam kaum eine Minute später. Sie luden Ruben auf eine Trage und schoben ihn in das Innere des Rovers. Dann fuhren sie in Richtung des Krankenhauses.

Nika kam aus ihrem Versteck. Sie überlegte, dem Wagen sofort zu folgen, doch das schien ihr zu auffällig. So beschloss sie schweren Herzens, zunächst in ihre Wohnung zurückzukehren.

Sie schlief kaum und war bereits früh am nächsten Morgen wach. Sie dachte an Ruben. Hatte er die Nacht überlebt?

Im Krankenhaus anzurufen hatte vermutlich keinen Sinn, man würde einer Unbekannten am Telefon keine Auskunft geben. Sie entschied sich, das Risiko einzugehen zu dem Vorfall befragt zu werden, um Ruben zu besuchen.

Bis zur Besuchszeit waren es noch zwei Stunden. Sie ging zu Derek und bat um Urlaub. Er nickte nur und stellte keine weiteren Fragen.

Um zehn Uhr, zu Beginn der Besuchszeit, stand Nika vor dem Mars Hospital, eines der drei großen Krankenhäuser des Mars. Es erhob sich sieben Stockwerke hoch in einer U-Form um einen parkähnlich bepflanzten Platz. Die dort stehenden Wüstenpflanzen waren speziell für die Atmosphäre des Mars nach dem Terraforming ausgewählt worden.

Nika betrat das Gebäude durch eine gläserne Schiebetür und sofort schlug ihr der Geruch nach Desinfektionsmitteln entgegen. Sie hasste Ärzte. Obwohl sie erst gegen Ende des Krieges geboren worden war und nach dessen Ende nur noch unberührbare Ärztinnen sie untersucht hatten, hatte sie diese starke Abneigung von ihren Eltern übernommen. Als künstlich geschaffene Menschen, als ständiges wissenschaftliches Experiment, hatte sie alle, die sie analysieren und mit Instrumenten traktierten, hassen gelernt.

Doch sie musste einfach wissen, wie es Ruben ging.

An einem Infopaneel suchte sie nach Rubens Namen. Er war nicht hinterlegt. Als Sohn des Ministers war das nicht verwunderlich. Patienten, die damit einverstanden waren, wurden in das Infopaneel eingespeist, damit Besucher sie leichter finden konnten.

Also fragte sie am Empfang.

Die Empfangsdame war mehr als misstrauisch und bat um ihre Identifikation. Nika nannte sie ihr.

»Tut mir leid, über diesen Patienten darf ich keine Auskunft geben.«

Nika nickte und bedankte sich. Es wäre auch zu einfach gewesen. Immerhin hatte die Frau ihr durch ihre Aussage verraten, dass Ruben hier war.

Sie wurde bereits von einigen Besuchern misstrauisch beäugt, sie musste hier weg.

Also orientierte sie sich kurz auf einer Tafel und stieg in den Aufzug. Sie befürchtete, dass die Dame vom Empfang den Sicherheitsdienst rufen würde und ihr nicht viel Zeit blieb.

Das Krankenhaus war riesig, doch zum Glück gab es ein gutes Leitsystem in die einzelnen Abteilungen.

Eine Vergiftung würde man in die Immunologie bringen. Da Ruben der Sohn des Ministers war, würde man ihn zudem besonders geschützt unterbringen.

Sie benötigte nur wenige Minuten, um den geschützten Bereich der Immunologie zu erreichen. Sie wählte den Weg durch das Treppenhaus, denn dieser war, anders als der offizielle Zugang vom Aufzug aus, nicht bewacht.

Vor Rubens Zimmer saß ebenfalls eine Wache. Sie las Zeitung auf ihrem Infopaneel.

Nika passte einen Moment ab, in dem die Wache sich auf ihrem Stuhl bequemer hinsetzte und der Stuhl knarzte. In diesem Augenblick schlüpfte sie in das Zimmer.

Sie erschrak. Auf einem weiß bezogenen Bett, an verschiedenen Apparaten angeschlossen, lag Ruben.

Ein Tropf war an seinen Arm angeschlossen, zwei Monitore überwachten seine Herzfunktion und seine Atmung. Nika überflog die Anzeigen. Durch ihre unfreiwillige Teilnahme an vielen medizinischen Tests kannte sie sich mit den einzelnen Funktionen der Geräte ein wenig aus. Er schien stabil zu sein.

Rubens Augen waren geschlossen, seinen Kopf bewegte er leicht hin und her, als würde er träumen.

Nika beugte sich über ihn. Sie wagte nicht einmal, seine Bettdecke zu berühren.

»Ruben«, flüsterte sie, »Ruben, hörst du mich?«

Sein Anblick tat ihr mehr weh, als erwartet. Obwohl sie die Ausbildung der Unberührbaren durchlaufen hatte, verursachte ihr der Anblick eines Menschen, der mit ihrem Gift in Kontakt gekommen war, ein Grauen, das sie nicht in Worte fassen konnte. Es weckte ungute Erinnerungen in ihr.

»Ruben.«

Ruben stöhnte. Seine Lider flatterten. Sie brachte ihr Gesicht so dicht an seines, wie sie es nur wagen konnte, ohne ihn zu berühren.

»Ich bin es, Nika.«

Rubens Augen öffneten sich einen Spalt.

»Was machen Sie da?«, fauchte jemand hinter ihr.

Nika fuhr zusammen und drehte sich um. Unbewusst ging sie in eine Abwehrstellung, wie man es sie gelehrt hatte.

»Geh von meinem Bruder weg!«, zischte die Frau, doch in ihrer Stimme klang neben der Wut auch Angst mit.

Die junge Frau vor ihr fürchtete, dass Nika gekommen war, um Ruben zu töten.

Nika entspannte ihren Körper ein wenig und ließ die Arme herabsinken. »Ich werde ihm nichts tun«, sagte sie ruhig.

Ihr Gegenüber traute ihr nicht über den Weg. Die junge Frau schien zu überlegen, wie sie zwischen Nika und Ruben treten könnte, ohne in Nikas Reichweite zu gelangen.

Nika tat ihr nicht den Gefallen, zur Seite zu treten.

»Ich werde den Sicherheitsdienst rufen«, sagte die Frau.

Nika gab auf. Wenn der Sicherheitsdienst kommen würde, dann gäbe es endlos lange Befragungen und am Ende würde man sie stundenlang festhalten, vielleicht sogar Schlimmeres.

»Ich werde gehen. Es ist nicht nötig, die Sicherheit zu rufen«, sagte Nika ruhig.

Doch Rubens Schwester hatte sich bereits halb zu dem Wachmann vor der Tür herumgedreht, der offensichtlich immer noch in sein Infopaneel vertieft war.

»Sicherheit! Ich brauche hier jemanden von der Sicherheit!«

In dem Augenblick, wo sie sich herumdrehte, öffnete sich der weite Mantel der Frau ein Stück. Mit einem Mal begriff Nika ihre große Angst.

Die Frau war schwanger. Sie stand nicht nur einer Schwester gegenüber, die sich um ihren Bruder sorgte. Das hier war eine Frau, die ihr Kind schützen wollte.

Der Sicherheitsmann kam ins Zimmer. Als er Nika sah, rief er über Funk sofort Verstärkung.

»Das ist nicht nötig. Ich werde freiwillig mitkommen«, sagte Nika.

»Nika?«, klang eine heisere Stimme hinter ihr.

»Ruben!« Nika wollte zu ihm, doch der Wachmann hatte inzwischen Handschuhe übergestreift, und hielt sie am Oberarm fest. Ihr erster Impuls war es, sie mit einem Verteidigungsgriff zu befreien, doch das hätte ihr nur weitere Schwierigkeiten eingebracht.

Also ließ sie sich abführen. Rubens Schwester warf ihr einen triumphierenden Blick zu.

Draußen im Flur standen zwei weitere Wachen. Nika musste sich erneut identifizieren.

»Was wollten Sie im Zimmer des Ministersohns?«, fragte einer.

»Ich wollte einen Besuch machen«, antwortete sie wahrheitsgemäß.

»Sie wollten nicht zufällig zu Ende bringen, was Sie begonnen haben?«, fragte der Wachmann.

»Ich bin nicht hier, um jemanden zu töten«, antwortete sie und dachte gleichzeitig: Wäre das mein Auftrag gewesen, wäre er inzwischen erfüllt, ohne dass ihr mich überhaupt zu Gesicht bekommen hättet.

»Wir nehmen Sie mit zum Verhör. Führt sie ab!«, befahl der Wachmann.

Nika biss sich auf die Lippen und dachte nach. Sie musste hier weg. Ein Verhör konnte Stunden dauern und man würde in jedem Fall versuchen, sie mit Rubens

Vergiftung in Verbindung zu bringen. Das konnte sie nicht riskieren.

Der Verhörraum war im Erdgeschoss. Die Wachen brachten sie mit dem Aufzug hinunter. Nika erkannte die Eingangshalle wieder. Jetzt oder nie, dachte sie.

Mit einem Griff befreite sie sich aus dem lockeren Griff des Wachmanns. Dem zweiten versetzte sie einen Schlag gegen die Brust, so dass er taumelte. Der Dritte sah ihr in die Augen und zog sich dann vor ihr zurück. Er trug keine Handschuhe und hatte offensichtlich Angst, sie zu berühren. Nika ließ ihn stehen und rannte durch die Eingangshalle nach draußen. Sich zu tarnen war eine ihrer besten Fähigkeiten und so gelang es ihr, sich zu verstecken. Sie wartete eine Weile ab, bis sie sicher sein konnte, dass sie niemand verfolgte.

Dann ging sie zum Red Sand und bat Derek um einige Tage Urlaub. Es war nur eine Frage der Zeit, bis man sie anhand ihrer Identifikation im Red Sand aufspüren würde.

Vorher würde sie zurück in ihrem Distrikt sein.

Zu Hause.

Die Soldaten vor dem Tor ließen sie zu ihrem Distrikt ohne Fragen passieren. Zum ersten Mal fühlte Nika keine Furcht, als die stacheldrahtbewehrten Tore sich hinter ihr schlossen.

Sie fühlte sich erleichtert. Hierher gehörte sie. In den Distrikt. Unter ihresgleichen. Weit weg von den Menschen, die sie früher als Waffe gesehen hatten, heute nur noch als Gefahr für die Allgemeinheit, bestenfalls als Freak. Sie hatte keinen weiteren Versuch gemacht, mit Ruben Kontakt aufzunehmen. Der erste Mensch, der sie menschlich behandelt hatte, und sie hatte ihn um ein Haar getötet.

Das wollte sie nicht noch einmal erleben.

Nie wieder.

Nika lief zu dem Gebäudekomplex, in dem sie und ihre Mutter ihre Wohnung hatten. Der vertraute Geruch frisch geputzter Flure schlug ihr entgegen. Sie öffnete die Wohnungstür – hier im Distrikt waren sie nie verschlossen. Nur andere Unberührbare oder schwer bewaffnete Soldaten wagten es, herzukommen – und gegen Letztere und ihre Betäubungspfeile konnte man ohnehin nicht viel ausrichten.

Es war noch alles so, wie Nika es vor ein paar Monaten verlassen hatte:

Der kleine Wohnraum mit dem breiten Sofa, das riesige Panoramafenster, durch das man auf den Balkon blicken konnte, der mit verschiedensten Pflanzen zugestellt war. Die zwei verwitterten Holzgartenstühle fanden kaum noch Platz zwischen den teilweise hüfthohen Kübeln.

Nika rief nach ihrer Mutter, auch wenn sie spürte, dass sie nicht da war. Sie sah rasch in der Küche und im Bad nach, dann ging sie zum wahrscheinlichsten Ort, an dem sie sein könnte: Im Gemeinschaftshaus des Distriktes. Dort gab es verschiedene Freizeit- und Sportmöglichkeiten.

Auf dem Weg dorthin traf sie Jenna, eine Freundin ihrer Mutter. Arm in Arm kam sie ihr mit ihrer Frau Slena entgegen. Da es unter den Unberührbaren fast keine Männer gab, ergaben sich zwangsläufig hauptsächlich reine Frauenpaare. Ihre Eltern waren eine der wenigen Ausnahmen gewesen. Nika wusste auch, dass ihr Vater nicht nur sie, sondern einige weitere Kinder gezeugt hatte. Männer, die das Erwachsenenalter erreichten, waren einfach zu wertvoll für die Gemeinschaft, um einer Frau in diesem Punkt treu sein zu können.

Jenna kam auf sie zu und umarmte sie: »Nika, ich bin so froh, dass dich meine Nachricht doch noch erreicht hat!«

Nika drückte Jenna kurz, dann sah sie sie an: »Wie meinst du das? Ich habe keine Nachricht bekommen.«

Slena sah auf einen Punkt in der Ferne. Jenna sah Nika in die Augen.

»Wo ist meine Mutter?«, flüsterte Nika.

Jenna streifte ihre Handschuhe ab und nahm Nikas Hände in die ihren. Eine solche direkte Berührung kam nur in besonderen Augenblicken oder unter Liebespaaren vor.

Nikas Augen weiteten sich. »Nein!«

Jenna hielt ihren Blick fest. »Es hatte schon angefangen, bevor du weggegangen bist. Sie hat es dir nicht gesagt, weil sie wusste wie wichtig es dir war, den Distrikt zu verlassen und auf eigenen Füßen zu stehen.«

Nika spürte, wie ihr Tränen über die Wangen liefen.

»Wo ist sie?«

Jenna nahm ihre Hand. »Im medizinischen Zentrum. Wir wollten gerade hin.«

Nika blieb ihre nächste Frage auf der Zunge liegen, wo sie wie ein zähes Fleischstück steckenblieb.

Wie in Trance folgte sie den beiden Freundinnen ins medizinische Zentrum des Distriktes.

Seine Schwester Romina war die Erste, die Ruben sah, als er im Krankenhaus erwachte. Sie sprang von dem Stuhl auf, auf dem sie gesessen hatte und hielt sich den gerundeten Bauch.

»Ich sollte das wirklich lassen«, stöhnte sie und trat an das Bett ihres Bruders heran.

»Wie geht es dir?«, fragte sie gleich darauf.

Ruben dröhnte noch der Kopf, doch langsam konnte er wieder klarer sehen. »Was ist passiert?«, fragte er.

Romina schnaubte: »Diese Killerin hat versucht, dich zu töten. Zum Glück waren die Ärzte rechtzeitig zur Stelle. Mum und Dad sind unten in der Cafeteria, wir haben uns mit der Wache an deinem Bett abgewechselt.«

Ruben lächelte seine Schwester an. »Du solltest wirklich nicht hier sein. Ruh dich aus. Denk an meinen Neffen.«

Rominas Züge wurden weich, und sie legte beide Hände auf ihren Bauch. »Deinem Neffen geht es prima, und ausruhen kann ich mich auch, wenn ich hier bei dir bin.«

Ruben drückte ihre Hand. »Wo ist sie jetzt? Nika?« Als er den Blick seiner Schwester sah, erklärte er: »Die Unberührbare. Was ist mit ihr passiert?«

Romina ließ seine Hand los. »Das interessiert dich? Im Ernst?«

Ruben nickte, ohne die Wut seiner Schwester zu beachten.

»Sie ist hier gewesen und wollte sehen, ob sie Erfolg gehabt hat. Ich habe sie rauswerfen lassen.«

Ruben schluckte. Sie war wirklich hier gewesen, um nach ihm zu sehen. Er sah ihr Gesicht deutlich vor sich, als sie bemerkte, dass sie seine nackte Haut berührt hatte. Ihr Entsetzen, ihre Angst. Dennoch hatte sie richtig reagiert, er hatte noch wie durch einen Nebel wahrgenommen, dass sie den Notarzt gerufen hatte.

»Sie wollte mich nicht töten. Es war ein Unfall«, sagte Ruben.

Romina schnaubte. »Na klar. Sie hat einen Unfall'«, sie malte Anführungszeichen in die Luft: »… mit dem Sohn eines der einflussreichsten Politiker des Mars und das, kurz nachdem er von der Erde hierher zurückgekehrt ist.«

»Romina«, begann Ruben, doch sie ließ ihn nicht ausreden.

»Ruben, wie konntest du dich mit einer Killerin treffen?«

Ruben spürte, wie seine Kraft schwand und der Schlaf ihn wieder übermächtig anzog. »Recherche«, murmelte er.

Rominas Antwort hörte er nicht mehr, er glitt endgültig in einen erschöpften Schlaf und sein letzter Gedanke war, dass er immer noch nicht wusste, wo Nika war.

BETEILIGUNG

Nika sah an den Mienen der Anwesenden bereits, dass es keine guten Nachrichten gab.

In einem Krankenzimmer hinter einer Glasscheibe sah sie ihre Mutter. Ihr Haar war offen und stand ihr wirr um den Kopf. Sie hob den Kopf, als Nika mit Jenna und Slena den Raum vor der Glaswand betrat, doch ihr Blick glitt über ihre Tochter hinweg.

Stattdessen sprang sie gegen die Scheibe und Nika konnte sie schreien hören. Ihre Mutter trommelte mit den Fäusten gegen die Scheibe und bleckte die Zähne wie ein tollwütiges Tier.

Nika spürte die Tränen hinter ihren Augen brennen.

»Es ist zu spät«, flüsterte sie.

Jenna drückte ihre Hand, noch immer ohne Handschuh.

»Sie wollte nicht, dass du sie so siehst. Sie hat mir ausdrücklich verboten, dir Bescheid zu geben. Es war ihr Wunsch, dass du sie so in Erinnerung behältst, wie sie war.«

Jenna unterdrückte ein Schluchzen. »Aber ich habe meine Mutter auf die gleiche Art verloren. Ich wollte dir die Gelegenheit geben, dich zu verabschieden.«

Nika zog ihren Handschuh aus und nahm Jennas Hand.

Eine Ärztin trat zu den beiden. »Sind sie bereit? Ihre Mutter hat für diesen Fall genaue Anweisungen erteilt. Das Stadium ihrer Krankheit, in dem sie um Sterbehilfe gebeten hat, ist nun erreicht.«

Nika weinte lautlos und nickte.

Sie hatte immer gewusst, dass es eines Tages passieren würde. Ihre Mutter hatte das doppelt dominante Gen der Unberührbaren und verfiel damit dem Wahnsinn.

Das war eine der Folgen davon, dass die Genetiker des Mars sich nicht damit begnügen konnten, die Unberührbaren als menschliche Waffe zu erschaffen.

Sie wollte, dass sie sich selbstständig vermehren konnten, ohne dass eine aufwendige Erschaffung im Labor notwendig war.

Effektiver.

Kostengünstiger.

Zumindest was die finanziellen Kosten anging, hatten die Genetiker Erfolg gehabt.

Die menschlichen Folgen waren verheerend und prägten die kleine Gemeinschaft der Unberührbaren, seit Miree für ihr Kind starb.

Der Tag, an dem Miree starb, war für alle Unberührbaren ein Feiertag. Jedes Jahr dachten sie an die mutige Frau, die den Ärzten und Genetikern im Krieg die Stirn geboten hatte.

Miree war die letzte xx-Frau, eine Frau ohne Kontaktgift, ohne Immunschutz gegen das Gift, aber gerade deswegen eine perfekte Leihmutter, weil sie für die Ärzte ungefährlich bei deren Untersuchungen war.

Miree hatte bereits ein Kind geboren, ein Xx-Mädchen, eine perfekte Kandidatin.

Da die Kinder zu diesem Zeitpunkt der genetischen Forschung noch von Anfang an das Hautgift in sich trugen, war die Geburt für die Mutter eine tödliche Gefahr. Alles musste ständig überwacht werden, damit es zu keinerlei Kontakt zwischen Mutter und Kind kam.

Das erste Baby hatte man Miree sofort nach dem Durchtrennen der Nabelschnur weggenommen.

Das hatte sie tief getroffen. Doch sie war eine Gefangene, man stellte sie zur Not ruhig, wenn sie die Ärzte nicht an sich heranließ.

Es herrschte Krieg, Miree war für die Erschaffung der perfekten Kriegerinnen zu wichtig, als dass man zimperlich mit ihr umging.

In der zweiten Schwangerschaft erwartete Miree erneut ein Mädchen. Sie spürte die zunehmenden Bewegungen ihres Kindes und war fest entschlossen, es sich dieses Mal nicht wegnehmen zu lassen.

Als sie spürte, dass die Wehen einsetzten, gelang es ihr, die Ärzte aus ihrem abgeriegelten Krankenzimmer auszuschließen. Sie hatte es lange geplant und die elektronischen Sicherheitsschlösser gründlich verriegelt. Die Ärzte sahen durch die Beobachtungsscheibe zu, wie sie ihr Kind gebar, während die Techniker versuchten, die Schlösser wieder zu öffnen.

Es gelang ihnen, als Mirees Tochter auf die Welt kam.

Die Ärzte stürmten in das Zimmer, um Miree ihr Baby zu entreißen.

Doch Miree hatte nur Augen für ihre Tochter. Sie nahm das Baby hoch und drückte es an sich.

»Ich nenne dich Hope«, sagte sie zu ihrem Kind.

Dann sank sie langsam zu Boden, das Kind sicher auf ihrem Schoß. Als das Kontaktgift des Babys sie tötete, nahm eine Ärztin in Schutzkleidung das Baby an sich.

Tatsächlich behielt Hope ihren Namen.

Von da an wurden keine xx-Frauen mehr erzeugt, und die Genetiker des Projekts Schwarzer Engel sorgten dafür, dass die Kinder das Hautgift erst in der Pubertät entwickelten, um ihre Aufzucht zu erleichtern.

Hope wurde zu einem Symbol für ihre Gemeinschaft, und bis heute war jede Unberührbare stolz, die einen Teil ihres genetischen Erbes in sich trug.

Nika sah zu, wie zwei Ärzte ihre Mutter festhielten und ihr ein Beruhigungsmittel spritzten. Als es wirkte, erschlaffte der Körper ihrer Mutter, und sie legten sie auf das schmale Bett.

»Bitte, wenn sie möchten, können sie jetzt zu ihr.«

Jenna sah Nika fragend an, doch sie schüttelte den Kopf.

Das musste sie alleine tun.

Sie betrat den Raum und setzte sich zu ihrer Mutter. Sie schlief jetzt. Wäre sie wach gewesen, hätte sie sie angegriffen und versucht, sie zu töten. Im letzten Stadium des Wahnsinns versuchten die Betroffenen aufgrund ihrer Wahnvorstellungen erst alle anderen, dann sich selbst zu töten. Sie erkannten niemanden mehr und wurden unberechenbar.

Die Gemeinschaft der Unberührbaren hatte der Marsregierung nach dem Ende des Krieges gegenüber durchgesetzt, dass sie selbst für ihre Betroffenen sorgen durften. Früher kam bei den ersten Anzeichen des Wahnsinns ein Trupp Soldaten und die Betroffene wurde ohne jede Vorwarnung ihrer Familie entrissen und getötet.

Nika nahm die Hand ihrer Mutter, der die Ärztin in diesem Augenblick das Gift verabreichte. Das hier war besser als ein Erschießungskommando. Sie durfte bei ihrer Mutter sein. Doch der Preis, den sie alle dafür zahlen mussten, dass Wissenschaftler und Militär in einem Krieg nach der perfekten Waffe gesucht hatten, war viel zu hoch.

Nikas Mutter tat ihre letzten Atemzüge und starb.

Zehn Tage nach seiner Einlieferung wurde Ruben aus dem Krankenhaus entlassen. Die Ärzte rieten ihm noch zur Schonung, doch ansonsten war er vollständig genesen. Es würden keine organischen Schäden zurückbleiben.

Seine Eltern holten ihn ab. Romina hatte einen Vorsorgetermin bei ihrer Frauenärztin.

Seine Mutter nahm ihn in den Arm und drückte ihn an sich, als hätte sie gerade erst von seinem Unfall erfahren.

Rubens Vater reagierte deutlich zurückhaltender. Er nickte seinem Sohn zu und umging eine Umarmung, indem er sich den Koffer seines Sohnes nahm und zum Marsrover wies.

»Ich habe dort drüben geparkt.«

Ruben nickte und folgte seinen Eltern. Die Rückfahrt nach Hause verlief schweigend.

Ruben schoss durch den Kopf, wie seltsam es war, dass er jetzt das erste Mal seit über fünf Jahren wieder bei seinen Eltern wohnen würde.

Während des Studiums auf der Erde war er nur zweimal zu Familienfeiern auf den Mars zurückgekehrt, doch jetzt, bei seiner endgültigen Heimkehr hatte er keine eigene Wohnung, sondern würde fürs Erste sein altes Kinderzimmer beziehen.

Das Haus hatte sich kaum verändert: In einem fast parkähnlichen Garten mit Springbrunnen und einer auffallend hässlichen Statue aus Marsgestein erhob sich eine Villa im Kolonialstil. Als sich das Eingangstor hinter dem Auto schloss, fühlte Ruben sich plötzlich gefangen.

Er war zurück.

Alles, wovon er weggegangen war, alles, warum er weggegangen war, hatte ihn eingeholt.

»Es ist so schön, dass du wieder zu Hause bist!«, rief seine Mutter.

Ruben nickte. Er hoffte, dass sein aufgesetzter Gesichtsausdruck ebenso undurchdringlich war wie der Nikas.

Sein Vater parkte den Wagen und sie betraten das Haus.

Der Geruch nach Holzpolitur und blumigem Duftöl ließ Ruben schwindeln.

Der Geruch seiner Kindheit und Jugend. Indem er wieder hierher kam, wurde er vom erwachsenen Mann wieder zu einem gehemmten Teenager im Schatten seiner erfolgreichen Eltern.

»Ich habe das Bett in deinem Zimmer frisch bezogen«, sagte seine Mutter. Sie zog an einer Klingelschnur, und auf das Läuten hin erschien Siran, der Hausdiener. Er war grau geworden in den letzten Jahren, doch in seinen Augen lag noch immer derselbe wache Ausdruck, den Ruben immer so gemocht hatte.

»Bitte bringen Sie den Koffer nach oben«, sagte Rubens Mutter.

Siran nahm den Koffer und nickte Ruben zu.

»Willkommen.«

Ruben brachte kein Lächeln zustande, doch das schien Siran auch nicht erwartet zu haben.

Ruben war nicht entgangen, dass der Diener nicht gesagt hatte »Willkommen zu Hause.«

»Wir gehen ins Teezimmer«, sagte sein Vater. Es war keine Bitte.

Seine Mutter nickte und läutete nach dem Hausmädchen, um Tee servieren zu lassen.

Wir haben den Mars besiedelt und führen uns immer noch auf wie die Kolonialherren, dachte Ruben bei sich.

Als das Hausmädchen den Tee gebracht und die Tür hinter sich geschlossen hatte, kam Rubens Vater direkt zur Sache.

»Du wirst die Killerin anzeigen, Ruben.«

Ruben wurde es heiß. In der kurzen Zeit vom Krankenhaus bis hierher war er zusammengeschrumpft vom erwachsenen Mann zum kleinen Jungen, der seinem Vater zu gehorchen hatte.

Sein Vater schien keine Antwort erwartet zu haben. Er drehte sich um und nahm von einem Beistelltisch einige Papiere.

»Ich habe bereits alles vorbereitet. Du musst nur dort und dort«, er wies auf die Dokumente, »unterschreiben, dann kann Siran es noch heute zur Polizei bringen.«

Er hielt Ruben einen Stift hin.

Ruben schaffte es nicht, seinen Vater anzusehen. Doch er nahm den Stift nicht.

»Ich will sie nicht anzeigen«, murmelte er.

»Was war das?«, fragte sein Vater laut.

Ruben dachte an Nikas Lächeln. Endlich schaffte er es, seinen Kopf zu heben und seinen Vater anzusehen.

»Ich werde sie nicht anzeigen.«

Sein Vater warf die Hände in die Luft. Die Dokumente in seiner Hand raschelten.

»Das ist doch lächerlich! Hör auf, dich aufzuführen wie ein verliebter dummer Junge. Sie hat versucht, dich umzubringen. Wenn sie so gegen die Auflagen verstößt, werden die Soldaten dafür sorgen, dass sie ihren Distrikt nie wieder verlassen darf.«

Ruben dachte daran, wie Nika oben auf dem Turm den Sonnenuntergang angesehen hatte. Für einen kurzen Augenblick hatte sie sich frei gefühlt, das hatte er gespürt.

»Ich werde sie nicht anzeigen«, wiederholte Ruben und verschränkte die Arme vor der Brust.

Seine Mutter stellte sich zwischen die beiden. »Wollen wir uns nicht erst einmal setzen und eine Tasse Tee trinken?«, fragte sie.

Sein Vater gab nach und setzte sich. Ruben ließ sich ihm gegenüber auf das schmale Sofa fallen. Bevor Rubens Vater noch etwas sagen konnte, legte seine Mutter eine Hand auf den Unterarm ihres Sohnes und sah ihn an.

»Sieh mal Ruben, auch wenn du glaubst, es sei ein Unfall gewesen – so etwas kann jederzeit wieder passieren. Ich weiß vermutlich besser als viele andere, wozu die Unberührbaren fähig sind. Sie sind keine Menschen, Ruben. Sie wurden zum Töten geschaffen.«

Ruben entzog ihr seinen Arm. »Ja und als sie nicht mehr gebraucht wurden, hat man sie weggesperrt, weil ihr Angst vor der Waffe hattet, die ihr selbst erschaffen habt.«

Seine Mutter atmete laut ein und wieder aus. »Ohne diese Waffe hätten wir den Unabhängigkeitskrieg gegen die Erde verloren.«

Ruben beugte sich vor. »Wusstest du, dass sie ihre eigenen Kinder nicht berühren? Weil sie so große Angst haben, sie zu töten! Selbst innerhalb der Familie tragen sie immer Handschuhe!«

Seine Mutter setzte das gütig-ungeduldige Gesicht auf, das sie immer verwendete, wenn er als kleiner Junge aus ihrer Sicht besonders stur und uneinsichtig gewesen war.

»Sie können ihre Kinder berühren. Früher war es einmal so, dass es nicht ging. Es gab da mal einen sehr unerfreulichen Vorfall mit einem Baby.« Rubens Mutter winkte ab. »Aber danach haben wir an dem genetischen Code gearbeitet. Seitdem sind die Kinder auch vor der Entwicklung des Kontaktgifts in der Pubertät von Geburt an schon immun.«

Ruben schüttelte den Kopf. »Ihr habt mit Menschen experimentiert!«

Er hatte natürlich schon lange gewusst, was seine Mutter beruflich gemacht hatte, doch erst nach der Begegnung mit Nika, mit dem lebenden Produkt der Forschung seiner Mutter, war ihm klar geworden, was sie tatsächlich getan hatte.

»Das sind keine Menschen! Sie wurden genetisch verändert, um zu kämpfen. Sie sind Soldaten, entbehrlich für die Gesellschaft.« Sein Vater schlug mit der flachen Hand auf den Tisch.

Normalerweise hätte Ruben an dieser Stelle eingelenkt, doch das war, bevor Nika ihm die Geschichte des kleinen Jungen Keo erzählt hatte.

Er sah seine Mutter an. »Du sagst, sie können einander berühren, aber das gilt nicht für die männlichen Babys, ist das richtig?«

Seine Mutter senkte den Kopf. »Die männlichen Feten sind eine seltene Mutation. Eigentlich gibt es sie nur als Samenspender für die künstliche Befruchtung. Ihre Überlebenschancen in den Distrikten sind sehr gering.«

»Wie meinst du das?« Ruben verstand nicht, worauf das hinauslief, aber er hatte eine schreckliche Ahnung.

Seine Mutter faltete ihre Hände in ihrem Schoß und begann zu erklären: «Die Genkombination, die für die Ausbildung des Kontaktgifts sorgt, wird gonosomal-dominant vererbt. Das heißt, die Gene liegen alle auf dem weiblichen X-Chromosom. Dummerweise sorgt ebendiese Genkombination auch für … andere genetische Ausprägungen, die allerdings nur dann im Phänotyp, also im Erscheinungsbild des fertigen Menschen auftreten, wenn zwei dominante X-Chromosomen auftreten, oder in der Kombination XY, also bei Männern.«

Ruben starrte seine Mutter an. Sie redete von den Unberührbaren, wie von einer Forschungsarbeit an Laborratten.

»Was für Ausprägungen?«

Sein Vater unterbrach ihn. »Ruben, ich glaube, das führt jetzt wirklich zu weit.«

Ruben beachtete ihn nicht. Er fixierte seine Mutter.

»Was für Ausprägungen?« Er betonte jedes einzelne Wort, leise und eindringlich.

Seine Mutter sah ihn an. Ihr Gesicht wurde wieder zu der Maske der erfolgreichen Genetikerin, die der strikten Meinung war, für den Fortschritt müssten eben Opfer gebracht werden.

»In Ordnung, wenn du es wissen willst. Es ist ohnehin in Forschungskreisen allgemein bekannt. Über meine damalige Forschungsarbeit schreiben Studenten heute noch Referate.«

Sie lächelte dünn.

»Es ist so: Die Unberührbaren sollten sich eigentlich nur durch künstliche Befruchtung fortpflanzen können, um die Anzahl kontrollieren zu können. Ursprünglich war daher vorgesehen, das genetische Material von Männern zu manipulieren, so dass eine Vermehrung erst gar nicht stattfinden konnte. Doch die männlichen Feten erwiesen sich nicht als widerstandsfähig genug. Deswegen haben die Genetiker der Erde die Veränderung damals am X-

Chromosom mittels viraler DNA eingeschleust. Das war ein voller Erfolg. Doch die Lebensdauer der ersten Unberührbaren war nicht groß. Trotz guter medizinischer Versorgung erreichten sie oft kaum zwanzig Jahre. Das war verglichen mit ihrer kostspieligen Erschaffung und Ausbildung zu wenig.«

Ruben konnte nicht fassen, wie kaltschnäuzig seine Mutter über Humanexperimente sprach. Als referiere sie vor Studenten.

»Dann haben unsere Spione der Erde etwas von ihrem Forschungsmaterial gestohlen.«

»Eine nette Umschreibung für die gewaltsame Entführung von einem Dutzend Kindern aus einer Forschungseinrichtung«, warf Ruben ein.

Seine Mutter beachtete ihn nicht.

»Wir haben dann weitergemacht. Unsere Überlegung war es, sie ihre Kinder selbst austragen zu lassen, um die Lebensdauer zu erhöhen. Das ist uns gelungen.«

Sie sah ihn an, als erwarte sie Applaus.

»Was ist mit den Jungen?«, flüsterte Ruben. Er hatte Angst, dass seine Stimme vollkommen versagen könnte.

Seine Mutter wand sich in ihrem Sessel.

»Das mit den Jungen ist so: Eine Kombination aus dominantem X und männlichem Y-Chromosom ist nicht lebensfähig. In diesem Fall stirbt der Embryo bereits kurz nach der Verschmelzung der Ei- und Samenzelle ab. Es kommt nur zu wenigen Zellteilungen.

Bei einer Kombination aus einem rezessiven X und einem Y Chromosom entsteht ein völlig normaler Junge, allerdings ohne den Immunschutz gegen das Kontaktgift. Deswegen dürfen die Jungen nicht berührt werden.«

Ruben versuchte, die Informationen zu verarbeiten.

»Aber wenn das Unberührbaren-Gen dominant vererbt wird, warum habt ihr sie dann nicht so gezüchtet«, er spuckte das Wort aus, »dass erst gar keine rezessiven X-Chromosomen mehr vorkommen?«

Seine Mutter schwieg einen Augenblick, dann sprang sie von ihrem Sessel auf.

»Ich glaube, das reicht für heute.«

Ruben schnellte vor und packte seine Mutter am Arm.

»Ruben!«, donnerte sein Vater.

Ruben sah nur seine Mutter an.

Ihre Schultern sackten nach vorn.

»Das war etwas, was wir vor Ende des Krieges nicht mehr in den Griff bekommen haben. Nur die Unberührbaren, die ein dominantes und ein rezessives X-Chromosom besitzen, sind phänotypisch stabil.«

»Was heißt das?«, Ruben schrie jetzt.

Seine Mutter sah ihn an. »Das heißt, dass nur die heterozygoten Unberührbaren in ihrem Wesen stabil sind.«

»Was ist mit den anderen?«, Ruben überkam eine heiße Angst.

»Sie werden früher oder später wahnsinnig. Es beginnt meistens mit Mitte zwanzig mit ersten Wahnvorstellungen, spätestens mit Anfang vierzig haben sie solche extremen Psychosen entwickelt, dass wir sie töten mussten. Irgendwann«, seine Mutter holte tief Luft, »war die Ausprägung so schlimm, dass wir jeden Unberührbaren bei der Geburt haben genetisch testen lassen. Die, die homozygot waren, bekamen die gefährlichsten Aufträge, weil sie von ihrer Lebensdauer her nicht so viel wert waren.«

Ruben ließ den Arm seiner Mutter los.

»Dafür brauchten wir dann auch wieder die Männer«, flüsterte seine Mutter, »die sind homozygot rezessiv und keine Träger. Vom Mann kommt immer ein rezessives Gen. Dadurch haben wir gehofft, auf Dauer die Homozygoten zu vermeiden. Die sind immer wieder bei den künstlichen Erzeugungen entstanden. Doch mit dem Krieg endete auch die weitere Forschung. Inzwischen verwalten sich die Unberührbaren selbst – und damit auch ihre medizinischen Einrichtungen.«

»Wie konntest du so etwas tun?«, Rubens Stimme erstickte beinahe.

Seine Mutter sah ihn nicht an.

»Jetzt hör aber auf!«, polterte sein Vater. »Du hast doch überhaupt keine Ahnung, wie es im Unabhängigkeitskrieg zuging! Deine ganzen Rechte, deine Freiheit auf dem Mars, hast du Forschern wie deiner Mutter zu verdanken, die dafür gesorgt haben, dass wir eine Waffe gegen die Erde hatten!« Er legte den Arm um seine Frau.

»Ohne die Forschung deiner Mutter hätten wir nicht gezielt vorgehen können, um einzelne Verantwortliche auszuschalten.«

»Du meinst zu töten!«, rief Ruben.

»Es war Krieg!«, brüllte sein Vater. »Im Krieg gibt es Opfer. Aber durch die Erschaffung der Unberührbaren gab es nur wenige Tausend Opfer. Solche, die maßgeblich an den Entscheidungen gegen eine Unabhängigkeit des Mars beteiligt waren. Wir konnten gezielt und strategisch vorgehen. In einem normalen Krieg mit normalen Soldaten wären die Opfer in die Hunderttausende, wenn nicht Millionen gegangen! Und darunter wären viele der Unschuldigen gewesen, die dir ja so am Herzen liegen!«

Rubens Mutter weinte.

»Glaubst du, du hättest auf der Erde studieren und dir heute das Maul über unsere Entscheidungen während des Krieges zerreißen können, wenn wir diesen Krieg nicht gewonnen hätten? Dann wärst du heute ein Marsbauer, der Tribute an die Erde zahlen darf! Wir haben für dich gekämpft! Für dein Leben in Freiheit!«

Ruben zitterte am ganzen Körper. Fluchtartig stolperte er aus dem Teezimmer. Bevor er zum Nachdenken kam, lief er durch den Garten bis zum großen Tor und verließ das Grundstück, ohne sich noch einmal umzusehen.

Als Ruben die Wachen vor dem Eingang des Distriktes sah, war er sich plötzlich nicht mehr sicher. Sollte er wirklich einfach aufkreuzen?

Doch die Entscheidung, ob er sich zurückziehen sollte, wurde ihm abgenommen, denn einer der Soldaten hatte ihn bereits entdeckt.

»Weisen Sie sich bitte aus.«

Ruben zeigte seinen Ausweis. Der Soldat prüfte ihn von allen Seiten und schien zufrieden.

»Was führt Sie in diese Gegend? Das hier ist Sperrgebiet.«

Ruben nickte. Plötzlich wusste er nicht, wie er sein Anliegen erklären sollte.

»Kommen Sie zur Überprüfung der Einrichtung?«, fragte der Soldat.

Ruben schüttelte den Kopf.

Der Soldat wechselte seine Waffe ungeduldig von einer Hand zur anderen. »Was wollen Sie dann?«

»Ich möchte jemanden besuchen«, brachte Ruben hervor.

»Es sind zurzeit keine Menschen im Distrikt«, erläuterte der Soldat und wollte sich wegdrehen.

Ruben streckte die Hand aus, wagte aber nicht, die Uniform zu berühren.

»Bitte – ich möchte nicht zu einem Bürger des Mars, ich möchte eine der Unberührbaren besuchen.«

Der Soldat erstarrte inmitten der Bewegung. Er starrte Ruben an. Dann winkte er zwei weitere Soldaten heran, die mit den Waffen in der Hand angelaufen kamen. Sie bedrohten ihn nicht direkt, aber die Botschaft war für Rubens Geschmack schon zu deutlich.

»Sie wollen eine der Unberührbaren besuchen?«, erkundigte sich der Soldat.

Ruben nickte. Er hatte den dringenden Wunsch, sich einfach in Luft auflösen zu können. Wie war er bloß auf die Idee gekommen, Nika zu besuchen?

»Wen wollen Sie besuchen?«

Ruben nannte Nikas Namen. Der Soldat gab einem anderen ein Zeichen und dieser ging zum Wachhaus. Nach wenigen Augenblicken kam er zurück und nickte dem ersten Soldaten zu.

Dieser wandte sich wieder an Ruben. »In Ordnung. Sie erhalten eine Besuchsgenehmigung. Wir bringen Sie ins Besucherzimmer. Über ihre weitere Bewegungsfreiheit entscheiden die Unberührbaren des Distriktes selbst. Bei Sonnenuntergang müssen Sie den Distrikt verlassen haben.«

Ruben nickt und wollte sich an dem Soldaten vorbeischieben.

Dieser fasste ihn am Oberarm und sah ihm in die Augen.

»Wenn Sie bei Einbruch der Dunkelheit nicht wieder hier erscheinen, erklären wir Sie für tot und leiten eine polizeiliche Ermittlung ein.«

Ruben schluckte. »In Ordnung«, brachte er heraus.

Die anderen beiden Soldaten flankierten ihn. Das große, stacheldrahtbewehrte Tor öffnete sich unter lautem Rasseln. Die Soldaten schoben ihn fast hindurch.

Der eine sagte: »Das Besucherzimmer finden Sie in dem großen, grauen Gebäude dort, geradeaus. Der Weg ist ausgeschildert.« Er nickte ihm zu. »Viel Glück.«

Dann drehten sich die beiden Soldaten wieder um und gingen zurück. Das Tor schloss sich mit einem harten Ton, der etwas Endgültiges an sich hatte.

Für einige Augenblicke blieb Ruben unschlüssig stehen. Dann jedoch ging er den Weg entlang, den der Soldat ihm gewiesen hatte.

Das Besucherzimmer war nicht schwer zu finden. Es war ein Raum von etwa hundert Quadratmetern, der mehr an ein Gefängnis erinnerte als an ein Besuchszimmer. Die Fenster waren vergittert. Im Raum standen etwa ein Dutzend billiger Plastiktische unterschiedlicher Größe, die passenden Sitzschalen waren am Boden festgeschraubt waren.

Von einem der Tische erhob sich eine junge Frau.

»Was willst du von ihr?«, fragte sie.

Sie sah Nika ähnlich: Sehr groß und schlank, ganz in Schwarz gekleidet, lange schwarze Haare, die ihr glatt bis fast an die Hüften reichten, und die weißen Baumwollhandschuhe mit der bestickten Spitze. Dennoch erkannte er, dass diese Frau einige Jahre älter sein musste als Nika.

»Wer bist du?«, fragte er.

Sie kam einige Schritte näher. »Jenna. Ich bin eine Freundin der Familie.«

Ruben zögerte kurz, dann streckte er die Hand aus. »Ich bin Ruben.«

Jenna erstarrte und fixierte seine Hand. Dann sah sie ihm in die Augen. Ruben erwiderte ihren Blick äußerlich ruhig, innerlich wurde er fast vor Angst aufgefressen. Zu deutlich erinnerte er sich noch an die Schmerzen, an den Schwindel, wie er auf den Boden aufgeschlagen war, als Nika ihn versehentlich berührt hatte.

Doch er kämpfte diese Gefühle gewaltsam nieder. Er wollte nicht so sein wie alle anderen. Die, die Angst hatten. Die, die es für richtig hielten, den Unberührbaren ihre Freiheit wieder zu nehmen und sie für immer wegzusperren.

Jenna ergriff seine Hand und Ruben zuckte für einen kurzen Moment zusammen.

Sie lächelte. »Ich hätte dich nicht für so dumm gehalten.«

Ruben erwiderte ihren Händedruck. »Ich halte es für höflich«, gab er zurück.

Jenna lachte und ließ seine Hand los. »Du gefällst mir.« Dann drehte sie sich zu der zweiten Tür, im hinteren Teil des Raums, um.

»Er ist in Ordnung, Nika.«

Als Nika den Raum betrat, musste Ruben schlucken. Er hatte sie seit dem Unfall vor beinahe zwei Wochen nicht mehr gesehen, und in diesem Augenblick wurde ihm bewusst, wie sehr sie ihm gefehlt hatte. Er ging quer durch den Raum um die Stühle herum auf sie zu. Um ihre Augen lag ein trauriger Zug, in ihrem Gesicht entdeckte er feine Fältchen, die vor zwei Wochen noch nicht da gewesen waren. Sie sah traurig aus. Bevor sie noch etwas sagen konnte, ergriff er ihre beiden behandschuhten Hände und drückte sie.

»Ich bin so froh, dass es dir gut geht.«

Nika sah ihn verblüfft an. »Du hast dich um mich gesorgt?«

Ruben hätte sie am liebsten in den Arm genommen, doch er fürchtete sich vor dem versehentlichen Hautkontakt mit ihrem Gesicht. »Ich dachte, meine Eltern würden doch noch Anzeige erstatten und dich verhaften lassen.«

Er schwieg einen Augenblick.

»Oder für immer einsperren.«

Er sah sie an. »Dann wäre ich daran schuld gewesen, dass du deine Freiheit verloren hättest«, flüsterte er.

Er spürte Tränen hinter seinen Augen brennen.

Sie zog die Kapuze ihres schwarzen Mantels halb über ihr Gesicht und legte ihre so bedeckte Stirn an seine.

»Ich hätte dich beinahe getötet. Ich dachte, du würdest mich nicht wiedersehen wollen.«

Jenna räusperte sich. »Ich geh dann mal.«

Die beiden bemerkten sie kaum. Nika löste sich langsam von Ruben.

»Setzen wir uns«, sagte sie.

Nika begann zu sprechen, bevor sie der Mut verlassen konnte.

Ruben war zu ihr gekommen. Sie hatte ihn berührt und beinahe getötet und trotzdem saß er ihr in diesem Augenblick gegenüber und hielt ihre Hand. Durch den

Handschuh konnte sie die Wärme seiner Haut spüren. Noch nie war sie einem Menschen so nah gewesen, der nicht zu den Schwarzen Engeln gehörte.

Er musste es wissen.

Nika suchte sich einen Punkt an der Wand hinter Ruben, und erinnerte sich an den Tag vor neun Jahren. Sie begann, zu erzählen.

Nika war elf Jahre alt gewesen. Sie trug ihre Handschuhe wie eine zweite Haut. Inzwischen hatte sie das Gefühl, ohne sie nackt zu sein.

An diesem Tag war keine Schule und ihr Vater hatte einen gemeinsamen Ausflug vorgeschlagen. Nikas Mutter musste an diesem Tag zu einer vorgeschriebenen Halbjahresuntersuchung. Sehr weit konnten sie nicht gehen, denn man durfte den Distrikt nicht verlassen. Doch ihr Vater schaffte es, dass Nika sich wie auf einer richtigen Abenteuerexpedition fühlte, als sie die wenigen Kilometer von einer Grenze bis zur anderen abwanderten. Unterwegs dachte er sich zu den kargen Hügeln und spärlichen Grasbüscheln spannende Geschichten aus.

Nika lachte und tobte und genoss es, beide Eltern um sich zu haben.

Sie sprang trotz der Ermahnungen ihres Vaters über die Felsen und kletterte auf jeden kleinen Hügel.

Als sie gerade die Spitze eines besonders steinigen Hügels erklomm, verlor sie plötzlich den Halt und rutsche ab.

Sie schrie und griff mit ihren Händen nach den Grasbüscheln, um sich festzuhalten. Doch sie bekam keinen von ihnen zu fassen und rutschte auf dem Bauch bis ganz nach unten. Wimmernd blieb sie liegen. Ihre Kleidung war verdreckt und am Bauch zerrissen. Sie setzte sich auf und stellte fest, dass sie dort blutete. Nika begann, zu weinen.

Ihr Vater lief zu ihr. Er sah sich die Wunde am Bauch an, ohne sie zu berühren. Aus seinem Rucksack kramte er Verbandszeug und ein Desinfektionsmittel.

»Nika Schatz, du musst es damit sauber machen«, sagte er.

Er sprach weiter beruhigend auf sie ein. Nika riss sich zusammen und folgte den Anweisungen ihres Vaters. Sie wusste, dass er ihre Wunden nicht behandeln konnte, ohne bei dem Versuch zu sterben.

Als sie ihre Wunden verbunden hatte, fragte ihr Vater: »Kannst du aufstehen?«

Nika versuchte es. Als sie aufstehen wollte, stach ein Schmerz wie eine glühende Nadel durch ihren Knöchel und sie sackte auf den Boden.

»Nein ich kann nicht«, weinte sie.

Aus heutiger Sicht begriff Nika, wie furchtbar die Situation für ihren Vater gewesen war: Er wollte seine verletzte Tochter auf keinen Fall alleine lassen, doch er konnte ihr auch nicht helfen.

Plötzlich zog ihr Vater seine Jacke aus: »Wickel dich darin ein. Ich werde dich tragen.«

Nika sah ihn entsetzt an. »Aber -»

»Tu, was ich sage!«, befahl ihr Vater. Dann wurde er wieder sanfter. »Ich lasse dich hier nicht alleine zurück. Bis zum nächsten Block der Siedlung ist es sicher einen Kilometer zu laufen. In der Zwischenzeit könnte eine Schlange kommen.«

Nika nickte und wickelte sich in die Jacke ihres Vaters. Wie ein rohes Ei nahm er sie auf beide Arme. Als wäre sie ein Baby, trug er sie in Richtung Zuhause.

Nika genoss die ungewohnte Nähe und kuschelte sich an ihren Vater, ohne ihn zu berühren. Da bemerkte sie, dass bei ihrem Sturz auch ihr linker Handschuh zerrissen worden war. Rasch steckte sie die linke Hand unter den rechten Arm, um bloß keine nackte Haut offen zu tragen.

Ihr Gesicht drehte sie nach außen, so dass sie ihren Vater nicht versehentlich berühren konnte.

Es wäre alles gut gegangen, wenn da nicht der Stein gewesen wäre. Nika hatte ihn gesehen, doch nichts gesagt. Sie dachte, ihr Vater hätte ihn auch gesehen.

Doch das hatte er nicht, weil er sie in den Armen trug und nicht sehen konnte, was vor seinen Füßen lag.

Er stolperte. Nika schrie auf und klammerte sich in einem Reflex an den Armen ihres Vaters fest.

Ihr Vater trug keine Jacke mehr, und sein Ärmel war durch das Tragen hochgerutscht.

Nika spürte die nackte Haut ihres Vaters unter ihrer Hand. Das Entsetzen packte sie wie eine eisige Hand, die sie nie wieder atmen lassen wollte.

Sie sah ihren Vater stürzen. Schaum bildete sich vor seinem Mund.

Er sah sie an. Stammelte etwas. »Liebe dich«, flüsterte er, bevor er in Bewusstlosigkeit versank.

Nika wusste nicht, wie lange sie bei der Leiche ihres Vaters gesessen hatte. Sie glaubte, sich zu erinnern, dass sie geschrien hatte. Und geweint.

Machte man das nicht so, wenn ein geliebter Mensch starb?

Sie konnte sich nicht erinnern.

Was tat man, wenn man seinen eigenen Vater getötet hatte?

Nikas Erinnerung setze erst wieder viel später ein. In ihrem Zimmer. In ihrem Bett. Wo ihre Mutter saß und sie tröstete.

Nie wieder würde ihr Vater an ihrem Bett sitzen.

Nika hatte zu weinen begonnen, ohne es zu merken.

»Meine Mutter hat mir nie die Schuld gegeben. Aber sie hat den Tod meines Vaters nie verkraftet.«

Nika wischte sich die Tränen weg. »Wir wachsen mit dem Tod auf. Beinahe jedes Kind hat bis zum Einsetzen der

Pubertät schon jemanden sterben sehen. Das gehört zu unserer Ausbildung. Aber wir gewöhnen uns nie daran. Man nennt uns Schwarze Engel, weil wir den Tod bringen. Das ist unser Daseinszweck.«

Sie sah Ruben an und ihre Augen füllten sich erneut mit Tränen.

»Warum Ruben? Warum hat man uns nicht ohne Gefühle erschaffen? Als seelenlose Killer? Warum sind wir so menschlich? Ein Killer sollte keine Emotionen haben.«

Sie verbarg ihr Gesicht in den Händen.

Ruben kannte die Antwort, aber er sprach sie nicht aus. Er hatte es bei seinen Recherchen für seinen Artikel herausgefunden.

Emotionslose Killer töteten zu wahllos. Die Unberührbaren aber sollten so menschlich wie möglich sein, um sich leichter in die Schichten der Gesellschaft einschleichen zu können, in denen sie töteten. Ihre Empathie machte sie so gefährlich. Sie konnten bis zu einem gewissen Grad das menschliche Verhalten analysieren und voraussagen. Doch das ging nur, wenn sie menschliche Emotionen nachvollziehen konnten.

Sie waren effizienter durch Emotionen.

E.D.E.

Der Fachbegriff einer Forschungsarbeit seiner Mutter.

Nach Nikas Geschichte hatte Ruben sich bald verabschiedet. Es war ihm nichts mehr eingefallen, was er noch hätte sagen können.

Beim Abschied hatte er das Gefühl gehabt, dass Nika ihm noch etwas hatte sagen wollen, doch sie sie schwieg.

So kam er weit vor Einbruch der Dunkelheit am Tor wieder an.

In seinem Kopf wirbelten die Gedanken, wie von einem Sandsturm getrieben, durcheinander.

Er lief die ganzen drei Kilometer bis zum nächsten Dorf, statt wie geplant den Bus zu nehmen. Er musste einen klaren Kopf bekommen.

Er dachte an die Worte seines Vaters. Dass es für den Sieg in einem Krieg immer einen Preis zu zahlen gab.

Gründete seine eigene Freiheit auf dem Leid von Nikas Familie?

Wann war der Preis für einen Sieg zu hoch?

Gab es überhaupt einen angemessenen Preis, wenn es um Krieg ging?

Sein Vater war zur Zeit des Krieges im militärischen Dienst aktiv gewesen. Das hatte ihm den Weg in die Politik geebnet.

Seine Mutter hatte im Krieg ihre wichtigste Forschungsarbeit vollendet – bis heute galt sie auf Mars und Erde als führende Humangenetikerin.

Ruben war kein Soldat und kein Wissenschaftler.

Er war Journalist.

Plötzlich wusste er, was er tun musste.

Drei Wochen später erschien sein Artikel in der führenden Wochenzeitung des Mars, sowie in zwei namhaften Politikmagazinen auf der Erde.

Er trug den Titel: Die Schwarzen Engel und der Preis des Krieges.

Ruben hatte zwei Wochen wie im Fieber Tag und Nacht durchgearbeitet. Er hatte keine Anrufe entgegengenommen. Dann hatte er den Artikel an seinen Redakteur auf der Erde geschickt. Dieser hatte zu ihm gesagt: »Es sollte dir klar sein, dass ich das drucken werde, weil es provokant ist. Ich verknüpfe keine moralische Botschaft damit. Aber es wird die Auflage der Zeitung steigern.«

Ruben hatte unter der Bedingung zugestimmt, dass er dadurch seinen endgültigen Abschluss erhielt, und sein Artikel ungekürzt erscheinen würde.

Am Abend gab es bereits im öffentlich-rechtlichen Fernsehen des gemeinsamen Senders von Mars und Erde eine Sondersendung zu dem Artikel.

Ruben selbst war nicht um ein Interview gebeten worden.

In einer Talkrunde sprachen ein Genetiker, eine Politikerin und ein General über die Inhalte.

Vor allem ging es um den Wahrheitsgehalt des Artikels.

Ruben hatte detailliert die Entstehung der Unberührbaren geschildert, ihren Zweck, ihren Einsatz. Den Diebstahl des »genetischen Materials« stellte er dar als das, was er gewesen war: Die Entführung von einem Dutzend minderjähriger Kinder auf den Mars.

Er zitierte wiederholt aus der Forschungsarbeit seiner Mutter und aus inzwischen veröffentlichten militärischen Dokumenten, die zum Teil im Zusammenhang mit seinem Vater standen.

Im letzten Teil des Artikels ging er auf die vollen Persönlichkeitsrechte für die Unberührbaren ein und schilderte mit Nikas Worten, wie das alltägliche Leben eines Kindes aussah, dass als Killerin geboren wurde, und als Erwachsene von allen gemieden wurde.

»Wir nennen sie Schwarze Engel, weil sie uns Furcht einflößen, und weil sie uns gerettet haben. Dennoch sind sie für uns nicht greifbar, im wahrsten Sinne des Wortes. Wir erschufen dieses Leben für sie, um für uns ein besseres zu schaffen. Sie waren unsere Waffe im Kampf. Doch was geschieht mit einer Waffe, die man nicht nach Ende des Krieges zu etwas Nützlichem umschmieden kann? Man schließt sie weg, damit die Kinder nicht damit spielen. Doch in diesem Fall haben wir mehr als eine einfache Waffe geschaffen, die man bei Bedarf im Keller verstauen kann: Die Unberührbaren sind ein eigenes Volk mit einer eigenen Kultur, die sich aus den Grausamkeiten heraus entwickelt hat, die wir ihnen im Namen der Freiheit angetan haben. Indem wir um unsere Freiheit kämpften, nahmen wir ihnen ihre Möglichkeit auf ein normales Leben.

Jeder freie Bürger sollte sich selbst die Frage beantworten: »Wie tief stehen wir in der Schuld der Schwarzen Engel?«

Ruben verfolgte die Talkshow mit gemischten Gefühlen. Seine eigentliche Botschaft wurde lediglich angerissen, die Teilnehmer der Show wiesen vielmehr den Vorwurf der Inhumanität zurück und verwiesen auf die Unverzichtbarkeit der genetischen Forschung.

Fünf Minuten nach dem Abspann rief sein Vater an.

»Ich erwarte dich am Samstag zu meinem Wahlkampfempfang«, sagte er. „Ich will, dass wir uns als glückliche Familie präsentieren. Dank deines Artikels habe ich in den umfragewerten für die Ministerwahl deutlich an Punkten verloren. Du wirst kommen und wir werden diesen Geiern von der Presse erklären, dass ich deine Eigenständigkeit unterstütze und du meine politische Arbeit wertschätzt.“
Es klang wie ein Einmarschbefehl.
Ruben überlegte kurz, zu wiedersprechen, dann fiel ihm etwas ein. »Ich werde Nika mitbringen.«
Sein Vater schwieg einen Augenblick. Dann sagte er:«Bring mit, wen du meinst. Aber glaub nicht, dass du ihr damit einen Gefallen tust.«
Dann legte er auf.
Ruben starrte noch einige Augenblicke lang auf das Telefon.
Er hatte keine Ahnung, ob Nika ihn begleiten würde.

Als Nika vor der Villa von Rubens Eltern stand, hätte sie beinahe wieder umgedreht. Nur Ruben, der sich bei ihr untergehakt hatte und sie sanft durch das Eingangstor schob, hielt sie davon ab.

Natürlich zog sie die Blicke auf sich. Die blasse, hoch aufgeschossene junge Frau mit den offen getragenen schwarzen Haaren und der typischen Kleidung der Unberührbaren. Die anderen Gäste, die vorne an der doppelflügeligen Haustür empfangen wurden, sahen sich immer wieder zu ihr um.

In solchen Situationen war Nika dankbar für ihre Ausbildung, die es ihr erlaubte, ihr Gesicht undurchdringlich zu halten.

»Keine Angst«, flüsterte Ruben neben ihr. »Ich werde den ganzen Abend bei dir bleiben.«

Sie drückte seinen Arm und hoffte, dass er sein Versprechen würde halten können.

Sie betraten gemeinsam den Eingangsbereich. Nika hatte ein solches Haus noch nie von innen gesehen. Der Raum wirkte durch die beiden Treppen rechts und links, die sich in einem großen Bogen zu den oberen Zimmern aufschwangen beinahe rund. Durch die Treppen hindurch befand sich der große Empfangssaal. Die beiden Flügel der Tür waren weit geöffnet. Nika erahnte mindestens drei Dutzend Menschen. Sie klammerte sich an Rubens Arm. Solche Situationen hatte sie in ihrer Ausbildung in Simulationen immer wieder trainiert. Sie war eine gute Attentäterin, das wusste sie. Im Training war sie immer gut gewesen, auch wenn es zum Glück nie zu einem echten Einsatz nach dem Krieg gekommen war.

Doch es war etwas anderes, ob man einen Auftrag hatte oder sozusagen privat zu so einem Empfang ging.

Rubens Eltern standen am Eingang und begrüßten die Gäste persönlich. Nika sah, wie sie jedem die Hand gaben und ein paar Worte wechselten.

Ruben bedachte seinen Vater mit einem kühlen Blick und nickte ihm zu. Er machte keine Anstalten, Nika die Hand zu geben. Ihr war es recht, denn sie hatte gerade auch Romina in der Menge entdeckt. Ihr stark gerundeter Bauch hatte sich inzwischen etwas abgesenkt und ließ darauf schließen, dass die Entbindung nicht mehr allzu lange auf sich warten lassen würde.

»Ruben, schön dass du da bist!« Seine Mutter umarmte ihn.

Dann sah sie Nika an. Nika erwiderte den Blick. Sie kannte Rubens Mutter. Jeder der Unberührbaren kannte die Vorreiterin in der Forschung ihrer Fortpflanzung und der Festigung ihres Erbguts. Sie wunderte sich, wie diese Frau, die zweifellos eine herausragende Intelligenz besaß, denn sonst wäre ihre Forschung nicht so erfolgreich gewesen, so klein sein konnte. In Nikas Vorstellung mussten intelligente, einflussreiche Menschen auch körperlich groß sein. Eine so kleine Frau, kaum einen Meter sechzig, konnte über fast niemanden hinweg gucken und musste trotzdem alle Gäste im Auge behalten, um eine aufmerksame Gastgeberin zu sein.

Rubens Mutter betrachtete sie wie ein Forschungsobjekt. Das merkte Nika sofort, sie war in ihrem Leben von mehr Ärzten und Wissenschaftlern untersucht worden, als zwei Dutzend normale Menschen auf dem Mars zusammen.

Plötzlich packte sie die Wut: Sie war eingeladen als Gast. Sie war weder im Auftrag eines Kunden hier, noch als Vorführobjekt.

Nika streckte Rubens Mutter die Hand hin und begrüßte sie.

Rubens Mutter erwachte aus ihrer Betrachtung und starrte auf Nika behandschuhte Hand.

Dann ergriff sie sie, zögernd, und drückte sie kurz.

»Willkommen.« Ihr Lächeln war nicht echt, doch Nika ließ es dabei bewenden.

Ruben ging mit ihr in den großen Saal hinein. Von irgendwoher spielte leise Klaviermusik. Die Kronleuchter über ihren Köpfen schwebten frei im Raum und hatten den Anschein echter Kerzen.

»Was fällt die eigentlich ein, die da mitzubringen?«, fauchte jemand neben Ruben, ohne sich um Nika Anwesenheit zu kümmern.

Romina.

Ruben legte seiner Schwester die Hand auf den Arm.

»Lass sie in Ruhe Romina. Ich habe sie eingeladen.«

Romina schüttelte seine Hand ab. »Du wagst es, zu Vaters Wahlkampfveranstaltung einen Killer mitzubringen?« Ihre Stimme wurde lauter, so dass sich einige der Umstehenden bereits zu ihnen umdrehten. »Hast du mit deinem Artikel noch nicht genug Schaden angerichtet?«

»Romina«, bat Ruben leise.

Doch Romina hörte ihm nicht zu. »Wenn es nach mir ginge, hätte ich dich mitsamt deiner unberührbaren Hure rauswerfen lassen!«

Nika zuckte zusammen, als hätte Romina sie geschlagen. Dann sah sie in ihren Augen, dass genau das ihre Absicht gewesen war: Nika zu verletzten.

Sie riss sich zusammen und erwiderte laut genug, dass es die Umstehenden mitbekamen: »Du bringst mich da auf eine gute Idee, Romina. Wenn ich als Prostituierte arbeite und im Voraus kassiere könnte ich steinreich werden. Ich bräuchte dann nur noch die Leichen wegzuschaffen.«

Ruben starrte sie verblüfft an, dann musste er lachen.

Romina war kalkweiß geworden. Sie drohte Nika mit der Faust. »Das wirst du bereuen!«

»Ruben!«, rief jemand, bevor Nika etwas zu ihm sagen konnte.

Ein untersetzter Mann im dunkelgrauen Anzug kam auf sie zu.

»Ruben, herzlichen Glückwunsch zu deinem Artikel! Sehr gut recherchiert, wirklich.«

Ruben lächelte. »Danke.«

Der Mann zwinkerte ihm zu. »Dein Vater sieht das vermutlich anders.«

Ruben nickte. Dann wies er auf Nika und stellte die beiden einander vor.

»Nika, das ist Falk Hohenstein, der stellvertretende Staatssekretär der südlichen Marsprovinz.«

Sie begrüßte ihn. Nika blieb die Frage des Staatssekretärs, die er dann stellte, noch sehr lange im Gedächtnis. Er beugte sich zu Ruben und Nika hin.

»Eins hast du noch vergessen, Ruben. In deinem Artikel, meine ich.« Er zwinkerte wieder und beugte sich noch weiter vor, so dass er beinahe Rubens Gesicht berührte. »Wie machen denn die schwarzen Engel – na, du weißt schon?« Er gab ein meckerndes Lachen von sich.

Rubens Gesicht verfärbte sich rot. Nika kam einer Antwort seinerseits zuvor. Sie setzte ein unschuldiges Lächeln auf und erklärte:

»Wissen Sie, das ist so: Alle Frauen bei uns sind immun gegen das Kontaktgift. Daher …«, sie strich mit ihren Handschuhen über seinen Anzug, »… können wir uns auch ganz uneingeschränkt untereinander berühren.«

Der Staatssekretär grinste dümmlich, während Nika seinen Arm streichelte und mit der Hand zu seinem Gesicht wanderte.

»Männer dagegen, sofern sie überleben, sind nicht immun.«

Sie schenkte ihm ein zuckersüßes Lächeln und berührte mit einem behandschuhten Finger seinen Mund.

»Für sie ist es ein einmaliges Vergnügen.«

Sie ließ ihre Hand sinken und der Mann sprang zurück.

Nikas Lächeln gefror zu einer Maske, und sie sah Ruben an. »Ich will hier raus.«

Ruben nickte und führte sie weg von dem Staatssekretär, der ihnen hinterher starrte.

»So kenne ich dich gar nicht«, sagte Ruben.

Nika senkte den Blick.

»Mich gegen so etwas zur Wehr zu setzen, gehört zu meiner Ausbildung. Wir müssen Menschen sicher einschätzen und mit ihnen umgehen, sie im besten Fall manipulieren können, um unsere Aufträge zu erfüllen.«

Ruben legte den Arm um sie. »Mir musst du nicht beweisen, dass du geachtet werden möchtest.«

Sie lächelte, doch bevor sie noch etwas erwidern konnte, schlug Rubens Mutter vorne im Saal auf einem Podest an ein Glas und die großen Flügeltüren des Saals wurden geschlossen.

Nika krallte sich in Rubens Arm. Was passierte jetzt? Würde man sie hinauswerfen, weil sie den Staatssekretär vorhin in seine Schranken gewiesen hatte?

Doch stattdessen begrüßte Rubens Mutter die Anwesenden und gab dann das Rednerpult für ihren Mann frei, der eine Rede zum bevorstehenden Wahlkampf halten wollte.

Rubens Vater begrüßte noch einmal alle Gäste und begann dann, sich minutenlang bei seinen Unterstützern zu bedanken. Nika fing an, sich zu langweilen. dennoch gestattete sie sich keinen Moment der Unaufmerksamkeit.

Rubens Vater stellte sein Programm für den aktuellen Wahlkampf vor. Dann bat er die Zuhörer um Fragen.

Zuerst kamen einige Fragen zur Innenpolitik, zum Arbeitsrecht und zur Bildungs- und Wirtschaftspolitik.

Dann jedoch fragte jemand: »Wie stehen Sie zum Artikel ihres Sohnes und den Persönlichkeitsrechten für die Schwarzen Engel?«

Nika zuckte zusammen und drückte Rubens Arm.

Rubens Vater nickte. »Das ist eine gute Frage, vielen Dank. Mein Sohn ist mir in dieser Hinsicht zuvorgekommen.«

Er lächelte, als habe er gerade einen Scherz gemacht, doch Nika merkte an seiner Körperspannung, dass er alles andere als unbefangen war.

»Ich hatte erst später vor, dieses Thema in den Wahlkampf zu bringen, doch da der Artikel meines Sohnes eben schon erschienen ist, kann ich ihnen zusichern, dass ich in meiner Politik keine möglichen Mörder mit vollen Persönlichkeitsrechten dulden werde.«

Ein aufgeregtes Gemurmel ging durch die Reihen. Nikas Körper war steif wie ein Brett. Sie spürte, wie Ruben sich neben ihr verkrampfte.

»Mein Gegenkandidat möchte die Persönlichkeitsrechte für die Schwarzen Engel erhalten und ihre Akzeptanz in der Bevölkerung vergrößern. Doch das ist in meinen Augen der falsche Weg!«

Rubens Vater schlug mit der Hand auf das Rednerpult.

»Der Artikel meines Sohnes hat mir nur vor Augen geführt, wie präsent dieses Thema im Alltag der Menschen ist, und es darf nicht sein, dass sich unsere Bürger vor einer zufälligen Berührung fürchten müssen!«

Beifall brandete auf. Ruben fasste Nika am Arm. »Komm«, zischte er.

Sie verstand sofort. Ruben zog sie so schnell und unauffällig wie möglich zu einem Seiteneingang.

Als die Tür hinter ihnen zufiel, begann Nika zu zittern.

Sie hatte sich jedoch schneller wieder im Griff als Ruben, der aussah, als müsste er sich jeden Moment übergeben.

»Was war das?«, fragte sie. Hast du das gewusst, schwang in ihrer Frage mit, doch sie wagte nicht, das auszusprechen.

Ruben schüttelte den Kopf. »Ich weiß es nicht. Aber wir sollten schnellstens hier weg.«

Nika nickte und überließ ihm die Führung, bis sie außerhalb des Grundstücks waren.

»Von hier kannst du alleine weiter. Geh am besten zurück in den Distrikt«, sagte Ruben. Nika sah ihn an. »Und was machst du?«

Ruben wies zum Haus. »Ich gehe wieder rein. Ich will wissen, was da los ist und welche Auswirkungen es auf die Unberührbaren haben könnte.«

»Du meinst, sie nehmen uns vielleicht wirklich unsere Persönlichkeitsrechte wieder?«

Ruben wog den Kopf. »Mein Vater ist nicht gerade dafür bekannt, zimperlich bei der Umsetzung seiner Wahlversprechen zu sein. Deswegen ist er so beliebt.«

Nika nickte. »Pass auf dich auf.«

Ruben nickte, drückte kurz ihre Hand und ging zurück zum Haus.

BEFREMDUNG

Als Ruben den Saal wieder betrat war, die Stimmung aufgeheizt. Den ersten Gästen war aufgegangen, dass Nika verschwunden war. Ruben sah die Verachtung und den durch Angst verursachten Hass in ihren Augen, als sie ihn nach ihr fragten. Er war froh, dass er sie rechtzeitig raus geschafft hatte.

Sein Vater beendete vorne seine Rede. Donnernder Applaus brandete auf.

Plötzlich kreischte jemand in den Lärm hinein. Zuerst bemerkte es nur wenige, doch dann sahen sich die Leute nach der Stimme um.

»Er ist tot! Er wurde ermordet!«

Es war Romina. Ihre Steckfrisur hatte sich in einzelne Strähnen aufgelöst, und ihre Augen waren wie von einem Schock weit aufgerissen.

Rubens Mutter reagierte als Erste. Sie nahm ihre hochschwangere Tochter in den Arm und versuchte, sie zu beruhigen. Dann fragte sie sie leise, was geschehen war. Als Romina antwortet, sah Ruben seine Mutter erblassen. Sie erhob sich und befahl dem Hausdiener, einen Krankenrover und die Polizei zu rufen.

Schlagartig war es ganz still im Saal.

Ruben schob sich zusammen mit einigen Gästen aus dem Saal in den Flur. Im gegenüberliegenden Arbeitszimmer sah er durch die halb geöffnete Tür einen Menschen auf dem Boden liegen. Der Oberkörper und der Kopf wurden von der Tür verdeckt. Seine Mutter beugte sich gerade über den Liegenden und prüfte seine Lebenszeichen.

Erst als die Sanitäter des Krankenrovers eintrafen, erhob sie sich. Ruben sah, wie auf einer Liege jemand hinausgetragen wurde, doch zu viele Gäste versperrten ihm den Weg, um zu erkennen, um wen es sich handelte.

Rubens Mutter bat um Ruhe und Verständnis, sie würde die Gäste aufklären, sobald sie selbst mehr wüsste. Dann begleitete sie die immer noch zitternde Romina zu den Sanitätern, die sich um sie kümmerten.

„Sie hat einen Schock", hörte Ruben seine Mutter sagen.

Ruben wollte zu seiner Schwester, doch sein Vater, dem es endlich gelungen war, sich vom Podium bis auf den Flur zu schieben, hielt ihn am Arm fest. »Du bleibst. Du hast genug angerichtet.«

Ruben riss seinen Arm los. »Glaubst du nicht, dass Nika dasselbe von dir sagen würde?«, fauchte er zurück.

Romina wurde ins Krankenhaus gebracht. Für Rubens Gefühl dauerte es ewig, bis seine Mutter in Begleitung zweier Polizisten in Zivil zurück zu den Gästen kam und alle wieder in den Saal bat. betrat.

»Liebe Gäste«, begann seine Mutter, »es gab einen bedauerlichen Zwischenfall. Der persönliche Assistent meines Mannes«, sie schluckte, »ist verstorben. Die Sanitäter konnten ihm nicht mehr helfen, er ist im Krankenrover verstorben. Um die genauen Todesumstände zu klären, möchte ich sie bitten, der Polizei in allen Fragen behilflich zu sein, und noch so lange zu bleiben, bis die Befragungen abgeschlossen sind. Ich danke Ihnen.«

Dann ging sie zu ihrem Mann und nahm ihn in den Arm. Sie hatte Tränen in den Augen. Sie flüsterte ihm etwas ins Ohr, und als Rubens Vater es hörte, suchte er den Blick seines Sohnes. Sein Gesicht war vom Zorn verzerrt.

Ruben fluchte. Das konnte nichts Gutes bedeuten.

Seine Angst wurde verstärkt, als er den Polizisten neben sich hörte, wie er den ersten zur Befragung in den Nebenraum mitnahm und im Vorbeigehen fragte: »Gab es Schwarze Engel auf dem Empfang?«

Nika.

Egal, was auch immer Ruben sagen würde, sie würden die Schuld erst mal bei ihr suchen. Schließlich passte aus Sicht seiner Familie alles: Erst hatte sie versucht, Ruben zu töten, und jetzt den persönlichen Assistenten seines Vaters, kurz nachdem Letzterer verkündet hatte, die Persönlichkeitsrechte der Unberührbaren wieder einzuschränken.

Dass alles noch viel schlimmer war, als er befürchtet hatte, erfuhr er bei seiner eigenen Befragung.

Ruben starte auf den Zettel, den die beiden Polizisten ihm vorlegten. Inzwischen waren mehr als ein Dutzend Beamte vor Ort, um die Befragung der Gäste durchzuführen.

Auf dem Zettel stand etwas geschrieben. Mit dem Blut des Opfers, wie die Polizistin erklärt.

Freiheit für die Schwarzen Engel!

Der persönliche Assistent seines Vaters war durch das Gift einer Unberührbaren getötet und mit einer politischen Botschaft versehen ermordet worden.

Ruben wurde übel.

»Brauchen Sie eine Pause?«, fragte die Polizistin.

Ruben nickte und stürzte durch den Flur auf die Gästetoilette, wo er sich übergab.

Als die Übelkeit nachließ, hörte er durch die Tür, wie sich die Leute draußen sammelten.

»Es war diese Freundin von Ruben!«

Andere stimmten ihm zu.

»Worauf warten wir noch?«

»Wir wissen nicht, wo sie ist.«

Dann hörte er eine weitere Stimme. Souverän. Befehlsgewohnt.

»Ich weiß es.«

Ruben würgte erneut. Es war sein Vater.

»Aber wie kommen wir in den Distrikt hinein?«, fragte ein anderer auf etwas, dass sein Vater gesagt hatte.

Ruben könnte das kalte Lächeln seines Vaters aus seiner Stimme heraushören.

»Wir müssen gar nicht hinein. Sie wird sich uns freiwillig stellen.«

Ruben hatte sich nach Kräften gewehrt, doch gegen die vereinte Wut der Gäste seines Vaters, und nicht zuletzt seines Vaters selbst, hatte er nichts einzusetzen.

Sie zwangen ihn, mitzufahren bis vor die Tore von Nikas Distrikts.

Sein Vater hatte nach Rubens Unfall Erkundigungen über sie eingeholt und wusste genau, wo ihr Distrikt war.

Für einen winzigen Augenblick hoffte Ruben, dass sie nicht auf ihn gehört hatte. Dass sie nicht da war.

Doch die Hoffnung zerschlug sich rasch, als er sah, wie der Soldat mit einem Kopfnicken bestätigte, dass Nika vor Kurzem im Distrikt eingetroffen war.

Ruben fauchte: «Verletzten Sie nicht die Privatsphäre damit, wenn Sie solche Informationen einfach weitergeben?«

Der Soldat zuckte nur mit den Schultern. »Beschweren Sie sich – ich glaube allerdings kaum, dass es jemanden interessiert.«

»Ich will sie sprechen. Richten Sie ihr das aus«, sagte Rubens Vater.

Die Soldaten nahmen per Funk mit dem Distrikt Kontakt auf. Wenige Minuten später kehrte der Soldat zu Rubens Vater zurück. »Es wird gleich jemand kommen.«

Ruben wollte nach vorne laufen, um Nika zu warnen, doch zwei der Unterstützer seines Vaters hielten ihn fest.

Kurz darauf erschien Jenna am Tor, hinter ihr Nika.

Ruben wollte ihre Namen rufen, doch dann besann er sich. Wenn er rief, würde Nika vielleicht zu ihm laufen und damit direkt in die Fänge der Menschen, die ihr in Hass gegenüberstanden.

»Was gibt es?«, fragte Jenna in scharfem Ton.

»Wir verlangen die Auslieferung Nikas. Sie ist eine Mörderin«, erklärte Rubens Vater. »Es sei denn, sie hatte einen Auftrag dazu, dann möchte ich diesen sehen.«

In dem Fall würde nämlich der Auftraggeber für den Mord verurteilt werden, diese Rechtsprechung kannte Ruben.

Jenna sah Nika an, Ruben konnte erkennen, wie sie den Kopf schüttelte.

Jenna wandte sich wieder an Rubens Vater. »Sie hatte weder einen Auftrag, noch hat sie jemanden getötet.«

»Das ist eine Lüge«, brüllte einer der beiden Männer, die Ruben festhielten.

Die Menge bewegte sich näher an das Tor heran. Die Soldaten hinderten sie nicht.

»Komm raus oder wir holen dich«, rief jemand.

Es gab überall um Ruben zustimmendes Gemurmel. Er versuchte sich loszureißen. »Nika nein! Komm auf keinen Fall raus«, rief er ihr zu.

Sie riss den Kopf hoch und suchte ihn zwischen den Menschen.

Rubens Vater verstellte ihr den Blick. »Ganz recht, wir haben Ruben. Entweder kommst du freiwillig heraus, oder du wirst Zeuge sein, wie ich meinem Sohn sehr weh tue. Ich kann ihm auch Schmerz zufügen, ohne dass er dabei körperlich verletzt wird.«

Ruben konnte Nika nicht mehr sehen, weil sein Vater zwischen ihnen stand.

»Nika, bleib wo du bist!«, rief er dennoch.

»Wenn sie nicht freiwillig kommt, dann holen wir sie«, rief jemand.

»Mörderin!«

Noch war das Tor geschlossen, doch Ruben war sich sicher, dass sein Vater die Minister-Karte ausspielen würde, und dann wäre Nika schutzlos.

»Ich würde Ihnen nicht raten, ohne Aufforderung die Grenzen des Distriktes zu verletzen«, sagte Jenna.

»Wollen Sie mir drohen«, fauchte Rubens Vater. »Ich bin von Rechts wegen befugt, Kontrollgänge durchzuführen.«

Da war sie. Die Ministerkarte.

Jenna lächelte. »Aber natürlich. Sie allein.«

Ruben erkämpfte sich ein Stück Bewegungsfreiheit und konnte dadurch die Szene vor dem Tor wieder sehen.

Sein Vater zögerte mit der Antwort. Dann gab er den Soldaten ein Zeichen.

»Öffnet das Tor!«

»Nein«, rief Ruben. Es würde Tote geben, wenn sie das taten.

Der eine Soldat nickte seinem Untergebenen zu, dieser ging auf das Wachhäuschen zu, um das Tor zu öffnen.

Rubens Vater sagte zu Jenna: »Wagt es nicht, euch zu wehren, sonst werde ich Ruben zufällig in die Arme der ersten Unberührbaren werfen, die mir über den Weg läuft. Dabei wird es zufällig nur Zeugen geben, die bestätigen, dass es eine Verschwörung dieses Distrikts gewesen ist«

Ruben wusste, dass sein Vater nur bluffte. Er kannte ihn lange genug. Doch konnte Nika das erkennen?

Plötzlich näherte sich ein Marsrover mit hoher Geschwindigkeit. Das unterbrach den Streit vor dem Tor für einige Augenblicke.

Der Rover raste auf die Menge zu, die ersten sprangen zur Seite. Doch dann verlangsamte er seine Fahrt und kam mit einer Vollbremsung zwischen der Menschenmenge und Rubens Vater zum Stehen. Sand wurde aufgewirbelt, so viel, dass die meisten husten mussten und sich Taschentücher vor den Mund hielten. Dadurch abgelenkt, ließen Rubens Bewacher ihn los. Er flüchtete geduckt an dem Rover vorbei bis zum Tor zu Nika. Sie lächelte ihn an.

Er wollte etwas sagen, doch da hörte er hinter sich die Stimme seiner Mutter.

Ruben drehte sich um. Seine Mutter stieg gerade aus dem Rover aus.

»Sie war es nicht«, rief sie und hielt mehrere Blätter Papier hoch.

»Was?«, Rubens Vater schoss auf sie zu und wollte ihr die Blätter aus der Hand reißen, doch Rubens Mutter schüttelte den Kopf.

»Von jeder Unberührbaren wird während ihrer Teenagerzeit, wenn sich das Gift entwickelt, ein genetisches Profil ihres speziellen Giftes mit ihrem genetischen Code angelegt. Dadurch kann jeder Giftmord exakt auf eine Unberührbare zurückgeführt werden.«

»Welche war es denn dann, wenn nicht sie?«, rief einer.

Rubens Mitter hob die Hand. »Es war niemand von Ihnen.«

Ein Raunen ging durch die Menge, dann protestierten die Ersten.

»Das kann nicht sein!«

»Wir haben sie doch gesehen!«

»Sie war die einzige Killerin auf dem Empfang.«

Rubens Mutter kletterte auf das Dach des Marsrovers, um sich besseres Gehör zu verschaffen.

»Das Gift stammt nicht von einer Unberührbaren. Ich habe die Probe des Giftes, das bei dem Mord benutzt wurde, mit allen Unberührbaren auf dem Mars verglichen. Es gab keinen Treffer.«

»Was hat ihn den sonst getötet?«, fragte Rubens Vater.

»Es war ein Gift, das den Mord durch eine Unberührbare simulieren soll.« Sie sah ihren Gatten traurig an. »So etwas wird gewöhnlich von Auftragskillern benutzt. Ich werde häufiger hinzugezogen, wenn es um die Analyse eines Gifts geht, das bei einem Mord benutzt wurde.«

Rubens Vater starrte sie an. »Das hast du nie erwähnt.«

»Es ist auch geheim.«

Sie suchte Rubens Blick.

»Aber heute konnte ich nicht schweigen.«

Ruben lächelte seine Mutter an. Dankbarkeit überflutete ihn.

Rubens Vater sah sich die Dokumente an, die seine Frau ihm gab. Er ließ es sich genau erklären. Dann gab er sich geschlagen und der Mob löste sich nach seiner Aufforderung auf. Zurück blieben Ruben, seine Mutter, Nika und Jenna.

»Danke«, flüsterte Ruben.

Seine Mutter umarmte ihn. »Ich glaube, du machst mit dieser Beziehung einen großen Fehler. Aber ich glaube eben auch an Gerechtigkeit«, sagte sie.

Ruben sah Nika an.

»Sehen wir uns bald?«

Sie nickte.

Ruben lächelte. Dann stieg er zu seiner Mutter in den Rover und sie fuhren zu seinem Elternhaus.

BEWÄLTIGUNG

Nika saß mit Ruben auf der Aussichtsplattform, ließ die Beine über dem Abgrund baumeln und blinzelte in den Sonnenuntergang.

Sie hatte ihre Kapuze hochgeschlagen, damit Ruben seinen Kopf an ihre Schulter legen konnte. Sanft strich sie ihm mit behandschuhten Händen über seinen Arm.

»Was wird dein Vater jetzt tun?«, fragte sie.

Ruben zuckte die Schultern. »Er hat seine Beteiligung an dem Mob und den Drohungen gegen euren Distrikt zugegeben. Das und die Tatsache, dass meine Mutter dich verteidigt hat, haben seine Umfragewerte enorm absacken lassen. Bei den Konservativen sind Streitigkeiten innerhalb der Familie nicht sehr beliebt.«

»Es könnte also sein, dass er nicht wiedergewählt wird?«

Ruben richtete sich auf und sah Nika an.

»Es wäre möglich. Er wird jedenfalls nicht aufgeben und den Wahlkampf fortführen. Er ist zu stur, um sich jetzt mit einem solchen Skandal aus der Politik zurückzuziehen. Solche Dinge fachen seinen Ehrgeiz nur noch mehr an. Leider wurde bisher noch nicht ermittelt, wer den Mord begangen hat. Die Polizei vermutet hinter dem Mord ein politisches Motiv, jemanden, der meinem Vater schaden will.“

Er setzte sich auf und sah in den Sonnenuntergang.

»Ich werde wohl eine Weile zu Hause nicht mehr willkommen sein.«

Nika strich ihm über den Rücken.

»Hat deine Schwester ihr Baby bekommen?«

Rubens Schultern sackten nach vorn. »Ja. Das weiß ich von meiner Mutter. Romina will mich aber nicht sehen, und sie lässt mich auch meinen Neffen nicht besuchen. Sie sagt, ich hätte die Familie verraten.«

Sie schwiegen einige Augenblicke.

Dann fragte Nika: »Wäre es dir lieber gewesen, wir hätten uns nicht kennengelernt?«

Ruben richtete sich auf und legte ihr liebevoll die Hand an die Seite ihrer Kapuze. »Nein. Niemals.«

Nika lächelte. »Eines Tages wird sich das ändern, weißt du.«

»Warum sollte es das?«, fragte Ruben und ergriff ihre Hand. »Ich liebe dich.«

Nika durchrieselte ein warmer Schauer. Sie sah ihn an.

»Das wird nicht reichen. Näher als jetzt dürfen wir uns niemals kommen«, sagte sie leise.

Ruben nahm ihre Hände. »Deine Eltern haben es auch geschafft.«

Nika dachte darüber nach. Er hatte recht. Ihre Eltern waren über ihre gesamte Beziehung glücklich gewesen, obwohl sie nie in direkten Körperkontakt zueinander treten durften.

»Vielleicht«, sagte sie und sah in den Sonnenuntergang, »reicht es doch.«

ENDE

Instagram: @leselichtung

Facebook: LeseLichtung / Jona Orbis

Homepage: www.leselichtung.com

Weil wir anders sind

Darf man die Freiheit eines Volkes gegen die Interessen der Menschheit abwägen?

30 Jahre in der Zukunft:

Ein europäischer Satellit hat im Pazifischen Ozean eine bisher unbekannte Inselgruppe entdeckt. Die Europäische Union benennt sie nach der sagenumwobenen Insel Atlantis. Vorgeblich zur Integration der Urbevölkerung, tatsächlich aber aus wirtschaftlichen Interessen, wird die European Army EA entsendet. Die Urbevölkerung der Atlanti wird unter dem Decknamen der „Geführten Besiedelung" in Lager gesperrt und bewacht.

In dieser Situation treffen der junge Soldat Julius und die junge Atlanti Kara in einem der Lager auf Atlantis aufeinander. Trotz Misstrauen und Vorurteilen ist das gegenseitige Interesse groß.

Doch die beiden stehen nicht nur als einzelne Menschen auf unterschiedlichen Seiten des Militärstacheldrahtes: Auch in ihrer beider Familien gibt es Geheimnisse, die tief in der Geschichte der Eroberung Atlantis durch die Europäer verwurzelt sind.

Werden Julius und Kara trotz äußerer und eigener innerer Widerstände einen Weg zueinander finden?

Outgate

Vor den Mauern der Stadt

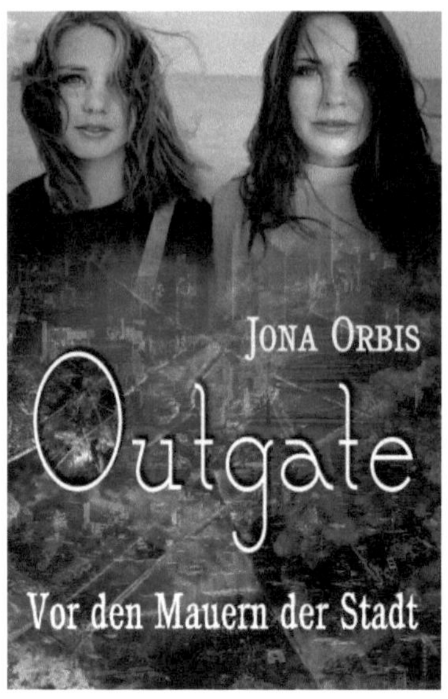

Köln, 30 Jahre in der Zukunft: Als Folge des zunehmenden Nationalismus haben sich die Großstädte in Deutschland zu Gated Communitys entwickelt: Eigenständige Stadtstaaten mit Planwirtschaft und streng geregeltem Aufenthaltsrecht. Sarah und Blue sind outgate, aufgewachsen im Distrikt Leverkusen, der wirtschaftlich und baulich mehr und mehr verfällt. Während es Sarahs großer Traum ist, eines Tages als Ingate zu leben, will Blue outgate leben und als Krankenpflegerin arbeiten. Die Freundschaft der beiden erlebt ihre härteste Zerreißprobe, als Sarah ihren Wunsch, Ingate zu leben, um jeden Preis umsetzen will, während Blue für ihr Ziel, den Menschen Outgate zu helfen, auch illegale Wege geht. Kann ihre Freundschaft die politischen Stürme ihrer Zeit überstehen?

Gegen alle Tabus

Er ist nicht ihr Freund.

Er ist nicht ihr Arbeitskollege.

Er ist die Maschine, die sie repariert.

Als die Androidtechnikerin Danae Aiden kennenlernt, hält sie ihn für einen Menschen. Doch die erste Reparatur an ihm zeigt ihr nicht nur seine hochentwickelte künstliche Intelligenz, sondern auch seine Fähigkeit zu echten Emotionen.

Ihre Liebe ist ein Tabu - wohin wird es sie führen, wenn sie daran festhalten?

Nachtschicht

Abenteuer mit einem Pflegeroboter

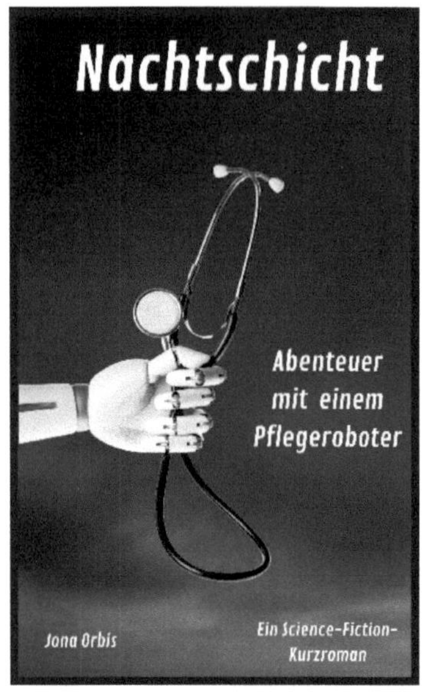

Durch eine radikale Pflegereform sollte dem Fachkräftemangel entgegengewirkt werden und die meisten Fachkräfte wurden durch Pflegeroboter ersetzt.

Pflegetechniker Henry Taylor erwartet eine ruhige Nachtschicht, in der die Pflegeroboter ihre Arbeit tun und er sich auf seine Meisterprüfung vorbereiten kann.

Stattdessen setzten eine zunächst einfach erscheinende Fehlfunktion eines Pflegeroboters und der Plan einer ehemaligen Pflegekraft eine Kette von Ereignissen in Gang, die in einer Nacht alles verändern.

" Nicht auszudenken, was es für das Seniorenheim „Herbstlaub" und nicht zuletzt für Henrys Karriere bedeuten würde, wenn die Bewohnerin den Pflegeroboter irreparabel beschädigen würde."